1

Une loge d'acteur.

Il y règne un désordre nonchalant puisque bouquets, livres, brochures, lettres se chevauchent ; çà et là, des photos ou des affiches pendent à des punaises.

Deux miroirs ornent les cloisons, un petit encadré d'ampoules au-dessus de la table à maquillage, un autre haut et long qui permet au comédien de s'examiner en pied.

Au milieu de ce local dont l'issue rejoint le couloir des coulisses, circule Doris, l'habilleuse, cinquante ans passés, au physique sans grâce alourdi par les ans. Elle dépose les pièces d'un costume sur un mannequin d'osier puis range les fleurs.

Léda, l'actrice-vedette, entre, très belle, très tendue, très impatiente, à bout de nerfs.

LÉDA

Alex, figure-toi que… *(Elle constate qu'Alex ne se trouve pas là.)* Alex ? Alex ? *(Se tournant vers l'habilleuse.)* Quoi, Alex n'est pas encore arrivé ?

DORIS

Non.

LÉDA

C'est de la folie pure. Que fait-il ?

DORIS

Oh, le rideau ne se lève que dans quarante minutes.

LÉDA

La première ! Nous avons la première ce soir ! Ses débuts dans le Misanthrope ! Les miens dans Célimène… Moi, dès l'aube, j'ai commencé à crier, à piaffer, à trépigner ! Lorsque j'ai griffé mon fils, mon mari m'a jetée dans la voiture et m'a larguée au théâtre. Depuis midi, je tourne en rond dans ma loge avec mes chiens. À croire qu'Alex, lui, n'a pas peur…

DORIS *(supérieure)*

Ces dernières années, je ne l'ai jamais vu s'inquiéter. Il sait que les gens l'aiment.

LÉDA

Justement… Facile de décevoir le badaud lorsqu'il attend l'exceptionnel. Je connais le problème : on m'a collé une réputation d'élégance qui m'interdit désormais d'enfiler une robe sans trembler. Si ma toilette reste simple, je vexe les gens, qui s'imaginent que je les méprise. Conclusion : je suis condamnée à acheter ma baguette accoutrée en sapin de Noël et je traîne en fourreau dès cinq heures de l'après-midi.

DORIS

Rien ne vous oblige à satisfaire constamment les autres…

LÉDA

Plaire est mon gagne-pain. Tout le monde n'a pas la chance d'avoir un physique ingrat.

Doris reçoit le coup sans pouvoir le rendre.

Joséphine, la fille d'Alex, vingt ans, passe la tête dans la loge et lâche, joyeuse :

JOSÉPHINE

Merde, mon papa !

LÉDA
Il n'est pas là, chérie.

JOSÉPHINE
Ah, dommage… J'avais plusieurs choses à lui dire… Bonsoir, Léda. Et merde.

Léda, selon la tradition, sourit et ne répond pas.

JOSÉPHINE
Merde à toi, Doris.

Doris grimace.

JOSÉPHINE
J'adore les soirs de première : je balance des « merde » à tout-va et les gens me sourient. C'est exotique. *(À Léda :)* Léda, dans la rue, un monsieur m'a demandé de vous remettre ça…

Léda saisit la carte de visite et, aussitôt, change de conversation en surjouant le trac.

LÉDA

Oh, mon Dieu… la frousse monte et m'étrangle. Je vais perdre ma voix. Je retourne dans ma loge.

Léda court mais, sur le pas de la porte, s'arrête et, croyant que les deux femmes ne la voient pas, parcourt la pièce des yeux.

DORIS *(murmurant à la fille d'Alex)*

Regarde, elle les compte.

Léda, le front plissé, murmure des chiffres, puis s'éclaire, joyeuse, et s'en va.

DORIS *(à voix normale)*

Ouf, elle en a davantage que lui.

JOSÉPHINE

Quoi ?

DORIS

Des bouquets. Les soirs de première, les comédiens se visitent pour repérer l'artiste le plus fleuri. J'ai connu un figurant qui s'envoyait des brassées de tulipes accompagnées de mots signés du Tout-Paris qu'il avait lui-même rédigés.

JOSÉPHINE
Papa devrait gagner ce genre de compétition : tout le monde l'apprécie !

DORIS
Il l'emporte, sois rassurée… Mais pour la paix de la troupe, je dissimule une partie de ses bouquets chez le concierge. *(Elle aperçoit soudain quelque chose et brame :)* Ah non, encore !

Doris s'est immobilisée, inquiète.

Joséphine s'approche de l'objet au milieu des fleurs et le saisit.

JOSÉPHINE
Qu'est-ce que c'est ? *(Doutant de ce qu'elle voit.)* Un cercueil ?

Il s'agit effectivement d'un cercueil noir miniature, de la taille d'un livre.

Doris se force à prendre un air naturel et le lui arrache des mains.

DORIS
Une erreur. Un accessoire qui ne devrait pas se trouver ici.

JOSÉPHINE *(s'échappant vers la porte)*
Bon, j'ai donné rendez-vous à mes amis au bar devant le théâtre, je repasserai.

Joséphine sort en coup de vent.
Doris contemple avec horreur le cercueil en balsa, le brise et jette les morceaux dans la poubelle.

DORIS
Le monstre ! *(Avec chagrin.)* Qu'a-t-il dans la tête, comment…

Pour chasser ses pensées, elle met de l'ordre autour d'elle.

DORIS
Où monsieur Alex va-t-il poser ces roses, ces orchidées, ces pivoines et ces glaïeuls ? J'espère qu'il a un cimetière près de chez lui. (*Se rendant compte que ses propos ont un rapport avec le cercueil.)* Un cimetière ? Oh non…

Alex entre, vif, se colle en silence derrière Doris et lui met les mains sur les yeux.

ALEX
Alors ?

Doris hurle.

Honteux d'avoir provoqué une réaction si disproportionnée, Alex recule. Doris découvre, rassurée, qu'il s'agit de lui.

DORIS
Oh ! Vous m'avez effrayée.

ALEX
Doris, vous avez le trac à ce point-là !

DORIS
C'est mon premier *Misanthrope*, monsieur, et je ne voudrais pas le rater parce que moi, en tant qu'habilleuse, j'ai le goût des classiques : y a du pompon, du pourpoint, de la dentelle, de la perruque et du ruban, je me sens utile. On a beau dire, le répertoire, ça reste plus exigeant que le contemporain. Quant au théâtre expérimental, avec ces acteurs qui se tortillent nus, ça tue le métier !

ALEX

Heureuse femme : Sophocle, Shakespeare, Racine et Goethe auront toujours besoin de vous, Doris. *(Il lui tend le bouquet qu'il a apporté.)* À propos, de la part de Molière.

DORIS

Quelle délicatesse... En trente ans de carrière, vous avez été le seul à penser à moi.

Elle s'attendrit. Pendant ce temps-là, Alex déchiffre les cartes qui dépassent des gerbes, enchanté de ce qu'il y découvre.

DORIS

On s'inquiétait de ne pas vous voir ici plus tôt.

ALEX

J'avais des rendez-vous.

DORIS *(grondeuse)*

Plusieurs à la fois, comme d'habitude...

ALEX *(confus)*

Je me suis trompé.

DORIS
Vous êtes trop gentil, vous ne savez pas dire non. Enfin, comme vous les donnez dans le même café, vos rendez-vous, les jeunes acteurs, les metteurs en scène, les journalistes, les comités de charité, tous ces gens qui vous sollicitent comprennent que vous êtes de bonne foi.

ALEX *(lisant un message sur une plante verte)*
Oh… je ne m'y attendais pas… ça, c'est vraiment charmant…

On entend une voix grave sourdre du plafond, par les haut-parleurs.

LE RÉGISSEUR *(off)*
Mesdames et messieurs les comédiens, bonsoir. Le rideau se lève dans une demi-heure.

Alex, se rendant compte qu'il doit se dépêcher, quitte son manteau séance tenante.

ALEX
Ah, Doris, si j'avais le temps, je me livrerais bien à mon jeu préféré, deviner l'expéditeur à partir du bouquet.

DORIS

Je n'ai jamais compris comment vous vous débrouillez...

Alex enlève son écharpe, ses gants puis sa veste.

ALEX

Chaque bouquet constitue un autoportrait. Les gens choisissent des fleurs qui leur ressemblent ou, plus exactement, qui représentent ce qu'ils voudraient être. Ce soir, ma loge regorge de reflets idéaux. Par exemple, là, cette grosse gerbe blanche, dodue et virginale, provient d'une femme mûre qui se reproche de coucher autant et rêve de s'amender.

DORIS

Gagné, c'est Marie de Villetanneuse. *(Elle brandit un bouquet écarlate.)* Celui-ci ?

ALEX

Quelqu'un de froid qui voudrait paraître chaleureux.

DORIS

Bravo, c'est Clara Macheferre. *(En désignant un autre.)* Et celui-ci ?

ALEX

Incohérent. Formes indécises. Couleurs improbables. Il a été expédié par un individu qui, jusqu'au bout, a hésité à me l'adresser.

DORIS *(lisant le nom inconnu d'elle)*

Tristan Bifron…

ALEX

Un collègue qui m'encense quand je suis présent et me jette des pierres sitôt que je tourne le dos.

DORIS

Et celui-ci ? Le plus fastueux, le plus fourni. Hors de prix.

ALEX

Hum… Laissez-moi réfléchir… Une personne riche qui m'affirme que je vaux ça, que je mérite qu'on dépense autant d'argent pour moi, qui souhaite m'acheter quelque chose… Le directeur du théâtre ?

DORIS

Bien vu, c'est de Paul Berk.

Sans prévenir, Alex dégrafe son pantalon.

DORIS
Hum… je repasse après avoir garni les petits marquis.

Alex aperçoit alors quelque chose sur la table de maquillage.

ALEX
Curieux !

Doris sursaute. Elle n'a pas la conscience tranquille.

DORIS
Quoi ?

ALEX
Là…

Doris s'approche et découvre le cactus qu'a saisi Alex dans ses mains.

ALEX
Qui est capable de m'envoyer ça ? Aucun nom, aucune carte. Voyons, voyons, qui me hait jusqu'à…

DORIS *(blafarde, la voix mal maîtrisée)*

Personne ne vous déteste, monsieur, les gens vous vénèrent.

ALEX

Un cactus, tout de même !

DORIS *(mentant brusquement)*

Il est à moi ! Je me le suis acheté cet après-midi. Je collectionne les plantes grasses.

Elle prend le pot et le serre contre sa poitrine.

ALEX

Vous ?

DORIS

Pourquoi ? Je n'ai pas une tête à collectionner les plantes grasses ? Ce serait quoi, le physique d'une collectionneuse de plantes grasses ?

ALEX

Doris, je m'épatais juste que, depuis le temps où nous nous connaissons, vous ne m'ayez pas encore avoué cette passion. Sinon, je vous aurais offert des…

DORIS *(péremptoire)*
J'ai déjà tout, merci.

D'un pas résolu, Doris sort et ferme la porte pour que la discussion ne se poursuive pas.

Resté seul, le comédien enfile le pantalon et la chemise d'Alceste.

Se plantant devant la haute glace en pied, il se contemple sans pitié.

ALEX
Mon pauvre garçon… Quelle dégaine ! J'aurais dû obéir à mon père et devenir maître nageur, comme lui. Un maillot et des sandales m'auraient suffi. *(Il s'éloigne et bouffonne en s'habillant.)* Et un sifflet ! Pas besoin d'apprendre des milliers de vers, uniquement donner quelques coups de sifflet.

Pendant qu'il s'éloigne, un homme inconnu apparaît dans le miroir, un individu noble, hautain, habillé avec élégance ; il se penche vers le cadre pour observer Alex.

Lorsque Alex revient vers le miroir, l'homme s'éclipse promptement.

Alex retrouve son reflet dans la glace et répète des lambeaux de texte comme on se gargarise.

ALEX
« Non, je ne puis souffrir cette lâche méthode
Qu'affectent la plupart de vos gens à la mode
Et je ne hais rien tant que les contorsions
De tous ces grands faiseurs de protestations. »

Il se rabroue car le rythme des deux derniers vers s'avère bancal ; il s'efforce donc d'allouer deux pieds aux sons « ions ».

ALEX
Fichus alexandrins ! Ils me contraignent à parler et compter simultanément.

Il s'éloigne en martelant ses phrases.

Pendant ce temps, l'Inconnu revient dans le miroir et reprend son observation.

ALEX *(récitant)*
« Je veux qu'on soit sincère et qu'en homme d'honneur
On ne lâche aucun mot qui ne parte du cœur. »

En continuant à se vêtir, Alex soupire, découragé.

ALEX
Ayez l'air naturel sur un texte pareil ! Comme si un cochon pouvait paraître décontracté au-dessus des braises avec une broche dans le cul…

L'Inconnu du miroir n'apprécie pas les paroles d'Alex.

ALEX
Ah, Molière, pourquoi corseter la langue ?

Outré, l'Inconnu hausse les épaules.

À cause de son indignation, il se laisse surprendre et, lorsque Alex arrive devant le cadre, il n'a plus le temps de fuir.

L'Inconnu du miroir s'immobilise devant le comédien.

À cet instant précis, par une coïncidence heureuse, ils portent tous les deux un costume identique.

Alex découvre cette image inaccoutumée en face de lui, stupéfait. L'Inconnu du miroir réagit de façon symétrique, déterminé à jouer le reflet.

Alex ne se reconnaît pas. Il exécute quelques gestes que l'autre reproduit. Pour vérifier encore, Alex s'approche, recule, bifurque, quitte le cadre, y revient : à chaque fois, l'Inconnu parvient à lui fournir l'illusion du reflet.

Alex se retourne, se gratte la nuque, puis pivote. L'Inconnu du miroir parvient encore à donner le change.

ALEX *(ébahi par sa transformation physique)*
À ce point-là !

Gémissant, Alex s'éloigne vers l'autre miroir, le petit, dans lequel il examine sa figure. Là, soulagé, il constate qu'il n'a pas changé de traits.

De son côté, rassuré aussi, l'Inconnu du miroir se détend.

Or Alex, sans prévenir, revient à toute vitesse vers la glace en pied et attrape son reflet en flagrant délit de position originale.

L'Inconnu du miroir essaie de se corriger mais n'y parvient que trop tard.

Alex crie à la cantonade :

ALEX
Je peux savoir ce qui se passe ?

Puisque personne ne répond, il répète la question face à la glace.

ALEX
Je peux savoir ce qui se passe ?

L'Inconnu du miroir ne bronche pas.

ALEX *(hurlant)*
Doris ! Doris !

Doris déboule dans la pièce, déconcertée par le ton de l'appel.

DORIS
Oui, monsieur, quoi ?

Alex s'éloigne alors du miroir, l'Inconnu disparaît.

Le comédien se réfugie sur une chaise, pensif.

ALEX
Il est arrivé une chose étrange...

DORIS
Vous en avez encore trouvé un ?

ALEX
Pardon ?

DORIS
Un cerc...

Elle s'arrête, soucieuse de ne pas révéler la vérité, puis se reprend :

DORIS
Un cactus. J'en avais acheté un second que je ne retrouve plus. *(S'agitant pour revenir à une situation normale.)* Voulez-vous que je vous accroche déjà vos rubans ?

ALEX *(sombre)*
Non, plus tard, Doris..

Il se tait, figé.

DORIS
Oh, oh, le trac vous attaque, monsieur.

ALEX
Peut-être. Voudriez-vous me faire plaisir ?

DORIS
Bien sûr.

ALEX
Allez vous placer devant le miroir et regardez ce qu'il y a dedans.

DORIS
Ce qu'il y a dedans ?

ALEX
Oui.

Doris se met devant le miroir et, les bras ballants, l'air ahuri, se contemple.

ALEX
Eh bien ?

DORIS
Il y a moi.

ALEX
Et c'est tout ?

DORIS
Une fois que j'y suis, il n'y a plus de place autour.

ALEX
Insistez.

Doris détaille sans plaisir son reflet et renifle, peinée.

DORIS
C'est cruel, votre petit jeu, monsieur…

ALEX
Quoi ?

DORIS
Vous vous doutez bien que je n'aime pas me regarder dans une glace.

ALEX
Non. Pourquoi ?

DORIS
Je préfère échapper aux mauvaises nouvelles.

ALEX

Allons !

DORIS

Les miroirs et moi, nous sommes fâchés. C'est utile, la lucidité, mais de là à s'en infliger une indigestion…

ALEX *(débonnaire)*

Ne racontez pas n'importe quoi. Vous êtes très en beauté, Doris, ce soir !

DORIS

Pardon ?

ALEX

Je disais : vous êtes rayonnante, ce soir, très en beauté.

DORIS

Vous plaisantez ?

ALEX *(lumineux)*

Non. Je me réjouis de votre présence car j'apprécie la compagnie des jolies femmes.

Il commence à se maquiller.

Doris, un tantinet secouée, marche vers la porte et s'arrête avant de quitter la pièce.

DORIS
Avez-vous le permis de conduire ?

ALEX
Oui.

DORIS
Et prenez-vous souvent votre voiture ?

ALEX
Plusieurs fois par jour.

DORIS
Sans accident ?

ALEX
Oui.

DORIS
Bonus ou malus à l'assurance ?

ALEX
Bonus. Enfin, pourquoi me parlez-vous de ça ?

DORIS
Rien. Je vérifiais que monsieur voyait bien.

Elle retourne rapidement se regarder dans la glace en pied.

DORIS
En beauté ?

ALEX
Oui, Doris, je persiste et signe !

DORIS
Punaise, qu'est-ce que ça doit être quand je suis en laideur !

Et sans atermoyer, elle décampe.

Une fois seul, Alex veut oublier l'épisode du miroir mais on le sent préoccupé.

L'Inconnu réapparaît alors dans le cadre et se penche pour savoir où en est Alex de sa préparation.

Alex se dissimule, passe derrière le miroir et surprend l'homme.

Ils se figent l'un en face de l'autre.

ALEX
Qui êtes-vous ?

Silence

ALEX

Enfin ! Un détail demeure normal au milieu de ces bizarreries : cette chose n'émet aucun son.

Silence. Ils se dévisagent.

ALEX

Quelle tronche !

Silence.

Alex, par habitude, commence une série de mimiques.

Par réflexe, l'Inconnu du miroir les reproduit.

Évidemment, le comédien se révèle un virtuose des grimaces comiques. Il se déchaîne.

L'Inconnu du miroir s'évertue à le suivre mais soudain, agacé par les attitudes grotesques qu'il lui faut prendre, il se fige et gronde.

L'INCONNU DU MIROIR

Je vous prie d'arrêter ce concours de grimaces.

Alex sursaute, effarouché.
Moment d'immobilité.

ALEX
Vous parlez ?

L'Inconnu du miroir ne répond pas, hostile.
Alors Alex risque quelques mouvements pour vérifier qu'il ne rêve pas.
Cette fois, l'Inconnu du miroir l'interrompt de façon péremptoire :

L'INCONNU DU MIROIR
Ce n'est pas pour jouer que j'envahis la glace.

Alex s'écarte, ébaubi. L'Inconnu du miroir refuse de quitter son attitude dédaigneuse et répréhensive.
Alex l'aborde.

ALEX
Vous ne vous montrez guère obéissant pour un reflet.

L'Inconnu du miroir hausse les épaules.

L'INCONNU DU MIROIR

Le fat ! Quel insolent ! Il me croit son reflet
Alors que c'est lui qui, des talons au gilet,
Tente de me singer, de peindre ma figure
Sur son front dépourvu de grandeur et d'allure.
Chacun sait bien, monsieur, que depuis plus d'un mois
Vous vous évertuez à tâcher d'être moi.

ALEX

Comment ?

L'INCONNU DU MIROIR

Plaît-il ?

ALEX

Mais quoi…

L'INCONNU DU MIROIR

Pardon ?

ALEX

Invraisemblable !

L'INCONNU DU MIROIR

Vous avancez…

ALEX

Vous ?

L'INCONNU DU MIROIR

Oui !

ALEX

Le vrai, le véritable ?

L'INCONNU DU MIROIR

Il serait temps enfin que vous l'acceptiez...

ALEX

Non !

L'INCONNU DU MIROIR

Si !

ALEX

Je n'y crois pas. Ainsi vous seriez ?

L'INCONNU DU MIROIR

Alceste assurément, le fameux Misanthrope
Sur lequel ces temps-ci votre mémoire achoppe.

Alex recule et va s'asseoir, fébrile, se passant la main sur le front.

ALEX

Je perds la raison…

L'INCONNU DU MIROIR

De miroir en miroir j'erre depuis des lustres,
Depuis que me créa sur des planches illustres
Ce Molière étrange, indécis, louvoyant,
Qui toujours hésitait en me représentant
Entre portrait bouffon et tableau exemplaire.
Comme si la vertu n'avait pas l'art de plaire !
Chaque fois qu'on me joue, je me glisse en secret
Dans tout ce qui scintille et produit un reflet,
Psychés, faces-à-main, couteaux, épées, lunettes,
Diamants vrais ou faux, parfois même paillettes,
Me recroquevillant afin de surveiller
Si, ces fichus humains, je dois les houspiller
Ou les complimenter de me rendre la vie.
Mon char pour voyager est la miroiterie.

ALEX

Jamais un de mes collègues ne m'a rapporté un pareil phénomène. Ça se saurait, nom de Dieu ! Si les interprètes du Misanthrope rencontraient leur modèle dans le miroir, ils l'auraient dit, on en aurait déjà tiré un roman ou une pièce !

L'INCONNU DU MIROIR

Une pièce oh mon Dieu ! Non, pour qu'on me diffame,
Croyez-moi, cher monsieur, j'ai bien assez d'un drame !

ALEX

Alors, vous nous observez sans rien dire ?

L'INCONNU DU MIROIR

Guetter en écoutant me paraît suffisant
Voire, selon les cas, souvent fort épuisant.

ALEX

Alors, pourquoi abandonner votre discrétion habituelle ? *(Un temps.)* Pourquoi m'aborder ? *(Un temps.)* Pourquoi moi ?

Alex sourit. L'Inconnu aussi.

L'Inconnu se régale déjà de ce qu'il va dire, Alex de ce qu'il va entendre.

ALEX

Je suis honoré d'une telle visite. En quoi l'ai-je méritée ?

Sourires derechef.
À cet instant, on frappe à la porte.

ALEX
Qui est-ce ?

LÉDA *(off)*
C'est moi.

ALEX
Moi ?

LÉDA *(off)*
Votre Célimène...

L'Inconnu du miroir se trouble.

L'INCONNU DU MIROIR
Célimène ?

Alex s'amuse de son émoi.

ALEX
La mienne, pas la vôtre : elle vient de le dire elle-même.

L'INCONNU DU MIROIR *(bouleversé)*
Célimène...

Les coups reprennent.

LÉDA *(off)*
Si vous êtes nu, j'entre. Sinon, j'attends encore.

L'INCONNU DU MIROIR *(à Alex)*
Pourquoi tardez-vous donc ?

Alex saisit un plaid et en couvre la glace.

L'INCONNU DU MIROIR *(protestant)*
Mais...

ALEX
Vous m'excuserez : je vous garde pour moi. Si elle vous voit, la représentation n'aura pas lieu.

Puis, s'adressant à Léda :

ALEX
Entrez, Léda, entrez.

Elle apparaît, magnifique et sachant qu'elle l'est.

Alex la contemple avec envie.

Ils se regardent.

Un temps.

ALEX

C'est du harcèlement.

LÉDA

Quoi ?

ALEX

Votre beauté. Vous me mettez cette splendeur sous les yeux et je me retrouve bouleversé. *(Un temps.)* Et en plus vous ne parlez pas... J'en suis réduit à contempler sans pouvoir ni toucher ni converser. Davantage que du harcèlement, c'est un supplice. *(Un temps.)* Je vous en supplie : dites quelque chose. Vous vous taisez tellement que l'on n'entend que vous.

Léda pousse un soupir.

LÉDA

Je vous déteste.

ALEX
Oh !

LÉDA
Depuis des heures.

ALEX
Comment ? La haine tout de suite ? Sans passer par la case passion ? Vous me détestez avant même de m'aimer ? Qu'ai-je fait pour mériter ça ?

LÉDA
Vous m'avez laissée seule alors que j'avais les nerfs en pelote.

ALEX
Votre mari ?

LÉDA
Il ne peut pas comprendre ça.

ALEX
J'aurais adoré m'occuper de vous, vous câliner, vous distraire, mais vous me fuyez depuis deux mois. Moi aussi, j'étais seul.

LÉDA
Je ne vous crois pas.

ALEX
Juré.

LÉDA
Je ne suis pas la seule femme au monde.

ALEX
C'est vous qui le dites.

Elle le contemple avec plaisir, sensible au compliment.

LÉDA
Vous en profitez.

ALEX
De quoi ?

LÉDA
Vous usez d'une circonstance où je tremble pour flirter.

ALEX
Faux : je vous courtise depuis deux mois.

LÉDA
Vous vous montrez bien meilleur ce soir.

ALEX
J'ignorais que vous deviez être terrorisée pour que j'aie la moindre chance de vous séduire ; sinon, dès la première répétition, je me serais déguisé en pompier.

Il s'approche, cherchant à l'embrasser. Elle se dégage.

LÉDA
Vous oubliez que je suis mariée.

ALEX
Pas le moins du monde. En revanche, cela m'arrangerait que vous, vous l'oubliiez.

LÉDA
J'ai une très bonne mémoire.

ALEX
Hélas.

Soudain, Léda révèle le souci qui la ronge.

LÉDA
Alex, pourquoi m'avez-vous choisie comme partenaire ?

ALEX

Ce n'est pas moi, c'est le metteur en scène qui…

LÉDA

Ne me prenez pas pour une idiote : à votre niveau de notoriété, c'est vous qui choisissez, pas lui. Alors ? Pourquoi moi ?

ALEX

Mes réponses vont vous irriter.

LÉDA *(piquée)*

Pardon ?

ALEX

Si je vous dis que j'admire votre talent, la jolie femme se vexera. Si je vous dis que je vous trouve ravissante, la comédienne s'indignera. Et si je vous dis que je souhaitais profiter de notre rapprochement pour tenter l'aventure avec vous, vous me trouverez vulgaire. Donc il vaut mieux que je garde le silence.

LÉDA

Et des trois raisons, quelle est la véritable ?

ALEX

Les trois. Au même plan et en même temps.

Elle se délecte de ce qu'il dit. Commençant à oublier son appréhension, elle se sent mieux.

LÉDA
Je devrais me fâcher.

ALEX *(avec espoir)*
Vous devriez.

LÉDA *(coquette)*
Je vous plais ?

ALEX
Sans l'ombre d'un doute. Et moi, pourrais-je vous plaire un peu ?

LÉDA
Je ne suis pas aussi rapide que vous. Tout a l'air si clair dans votre tête.

ALEX
C'est que, chez les hommes, le cerveau se réduit à un vestibule qui conduit au sexe.

Elle rit.

LÉDA

Vous avez un cerveau, vraiment ?

ALEX

Par intermittence.

Il s'approche, ayant très envie de l'embrasser. Elle s'échappe, légère.

LÉDA

Vous ne pensez qu'à ça !

ALEX

Je ne pense que pour ça. *(Amusé.)* Ce sont des êtres fuyants, mystérieux, insaisissables comme vous, qui forcent les mâles à réfléchir, à développer leur intellect. Les complications des femmes ont spiritualisé nos envies sexuelles et créé une sorte d'hybride que l'on appelle l'amour. Sans votre coquetterie, nous resterions des bêtes. La garce est l'avenir de l'homme.

LÉDA *(choquée)*

Oh, « garce », quelle horreur !

ALEX

Au contraire, quelle splendeur ! Une garce, c'est un ciel imprévisible qui, d'un instant à l'autre, cache, filtre ou exalte la lumière. Une garce, c'est une patte de chat, laquelle en une seconde passe de la caresse à la griffure. Une garce, c'est un dieu capricieux qui se voile autant qu'il se révèle, une vérité entrevue, une promesse qui vacille.

Elle repart, ne souhaitant pas l'écouter davantage.

LÉDA

À bientôt.

ALEX

Ai-je eu tort de vous avouer mes trois raisons de jouer avec vous : le talent, la beauté, l'espoir d'une aventure ?

LÉDA

Vous avez pris le risque de vous mettre à nu.

ALEX

Et ?

LÉDA

Je suis mariée.

ALEX

Et ?

LÉDA

Je suis mariée.

ALEX

Et ?

LÉDA

Je suis mariée.

ALEX

Je hais le mariage et les femmes mariées.

LÉDA

Pas tant que cela, visiblement.

ALEX

Que répondez-vous ? Puis-je persévérer ?

LÉDA

Trouvez-moi une quatrième raison et nous en reparlerons.

Elle disparaît.

Alex, diverti par cet échange, retourne vers le miroir et retire le plaid. Il ne voit rien dans le cadre, même pas lui.

ALEX

Eh bien, où êtes-vous passé ? Holà… Vous avez disparu ?

L'Inconnu du miroir surgit dans le cadre.

L'INCONNU DU MIROIR

J'ai été obligé de quitter ce miroir
Pour le fâcheux tranchant de cet étroit rasoir.

ALEX

Ah ? Vous n'avez donc rien perdu de la scène ! Qu'en pensez-vous ?

L'INCONNU DU MIROIR

Quel humain la voyant ne la trouverait belle ?
Je ne peux vous celer que Léda me rappelle…

ALEX

Pensez-vous que j'aie une chance avec elle ?

L'INCONNU DU MIROIR

Une chance de quoi ?

ALEX

Enfin, vous savez bien… Alors ? À votre avis ?

L'INCONNU DU MIROIR

Elle est mariée, monsieur !

ALEX

Son mariage ? Une question de standing, pas d'amour. Une femme si somptueuse se doit d'épouser un homme riche et d'en avoir quelques enfants : c'est un préalable à sa liberté. Alors, pensez-vous que je puisse...

L'INCONNU DU MIROIR

Monsieur, cette matière est toujours délicate
Sur notre séduction nous aimons qu'on nous flatte.

ALEX

Oh ! Vous ne me voyez pas réussir ?

L'INCONNU DU MIROIR

Vous échouerez, monsieur. Pardonnez mon défaut
D'être bien plus sincère en cela qu'il ne faut.

ALEX

Pourquoi ? Léda se moque de moi ? Elle me dupe ? Elle me rend fou sans intention de me guérir ?

L'INCONNU DU MIROIR
Par pitié, s'il vous plaît, n'imputez pas à l'autre
Pour vous innocenter un défaut qui est vôtre.

ALEX
Ah bon ? Ça vient de moi…

L'INCONNU DU MIROIR
Aucun doute.

ALEX
Je ne lui plais pas ?

L'INCONNU DU MIROIR
Pas assez.

ALEX
Je m'y prends mal ?

L'INCONNU DU MIROIR
Vertuchou, vous savez flirter habilement,
Mais trop habilement pour être convaincant.
Sous vos câlineries, toute femme détecte
Un savoir libertin, une aisance suspecte,
La virtuosité d'un grand bonimenteur.
Alors que la passion nous jette dans le trouble,
Plombe nos traits d'esprit, notre lourdeur redouble,

Vous avancez, précis, tel un joueur d'échecs.
Je vous préférerais muet, lambin, blanc-bec,
Un doigt de gaucherie convaincrait davantage
Et de votre folie porterait témoignage.

ALEX

Baver, hésiter, trembler, bafouiller, me cogner aux meubles ou m'enrouler les pieds dans le tapis ? Non merci, je n'ai plus vingt ans.

L'INCONNU DU MIROIR

On n'est pas amoureux si l'on n'a pas vingt ans.
Vous rajeuniriez sous un vrai sentiment !
Outre qu'il retentit d'hypocrisies perfides,
Votre insensé brio vous rajoute des rides.

ALEX

D'accord. La prochaine fois que Léda viendra, je mimerai la niaiserie !

L'INCONNU DU MIROIR

Oh, la supercherie apparaîtra encor.

ALEX

Je passe pour un excellent acteur.

L'INCONNU DU MIROIR

La perfection du jeu trahira votre effort.
On ne peut feindre tout. Une femme repère

L'authentique amoureux, le galant insincère.
Un style naturel, droit, sans préciosité,
Convaincra mieux un cœur qu'il dit la vérité.
Léda veut un amant viril, direct, robuste,
Sévère et peu rieur, peut-être même fruste.

ALEX *(amusé)*
Vous !

L'Inconnu du miroir a un haut-le-corps : il ne s'attendait pas à être découvert si tôt.

L'INCONNU DU MIROIR
Plaît-il ?

ALEX
Je dis : « vous ».

L'INCONNU DU MIROIR
Eh ma foi, pourquoi pas ?

Un temps. L'Inconnu se rétracte.

L'INCONNU DU MIROIR
Léda est mariée. Moi, je ne l'oublie pas.

ALEX

Je commence à me demander qui vous êtes venu voir ce soir.

L'INCONNU DU MIROIR

C'est pour vous, et vous seul, que je suis ici-bas.

ALEX

Pas pour Léda ? Pourquoi n'allez-vous donc pas l'observer dans sa loge ? Je puis vous assurer que, là-bas, vous trouverez mille endroits où vous cacher, les miroirs ne manquent pas et Léda s'y contemple sans arrêt.

L'INCONNU DU MIROIR

Quel stratagème infâme et quelle muflerie !
Espionner Léda ? Hé ! L'idée m'injurie !
De plus, je n'apparais jamais qu'au seul acteur
Qui de m'interpréter a l'ambigu honneur.

ALEX

Ah bon ? Rien qu'à nous, les Alceste ? Et donc ce soir, rien qu'à moi ?

L'INCONNU DU MIROIR

Oui.

ALEX

C'est vraisemblable, ça ?

L'INCONNU DU MIROIR

Au point où nous en sommes...

ALEX

D'accord. Admettons que, dans un monde irrationnel aussi, il y ait des lois, des gestes qui se font, d'autres qui ne se font pas, je répète cependant ma question : puisque vous avez bénéficié – ou souffert – de milliers d'interprètes, pourquoi moi ?

Ils se contemplent. Un temps.

Doris frappe et entre sur-le-champ, tenant un élément du costume d'Alex, son chapeau aux reflets verts.

DORIS

J'avais oublié de vous apporter ça.

Alex se précipite vers elle afin qu'elle ne s'approche pas du miroir.

ALEX
Merci.

Il saisit le couvre-chef.
Un détail le frappe.

ALEX
Ah, vous avez oublié une liste…

Il décolle un papier jaune du feutre.

DORIS
Une liste ? Je n'écris pas de listes.

ALEX
Si, regardez. Il y a quatre noms, dont trois sont barrés sauf le mien.

Doris tressaille d'épouvante et se signe par réflexe.

DORIS
Oh, mon Dieu !

ALEX
Que vous arrive-t-il ?

Doris ne parvient pas à répondre.

ALEX
Doris, vous m'inquiétez !

DORIS
Quels… quels sont les noms ? les noms barrés ?

ALEX
Jean…

DORIS *(frappée)*
Ah !

ALEX
Denis…

DORIS
Ah…

ALEX
Maurice…

DORIS *(blafarde)*
Mon Dieu… *(Pour elle, dans un soupir.)* Tous morts…

ALEX

Le mien est intact parce que vous ne m'avez pas livré mon chapeau. *(Soudain pensif.)* Étrange. S'il y a un Jean dans la troupe, il n'y a ni Denis ni Maurice…

Doris se recompose un maintien et arrache le papier des mains d'Alex.

DORIS

Ne vous torturez pas, monsieur, je n'ai jamais gribouillé cette note qui n'a d'ailleurs, sans doute, aucun sens. *(Elle retourne vers la porte.)* Attention, monsieur, s'il vous plaît : bouclez les fenêtres et n'ouvrez pas la porte à n'importe qui. Je vous en supplie.

ALEX

Que voulez-vous dire ?

DORIS

Soyez prudent, monsieur, soyez extrêmement prudent. D'ailleurs, je vais demander au concierge d'empêcher quiconque d'accéder aux coulisses.

ALEX
Mais..

DORIS
Ne craignez rien, je surveille tout et j'assurerai au maximum, monsieur, au maximum.

ALEX
Doris !

DORIS *(avec emphase et crainte)*
Je vous le jure, je vous le jure. D'ailleurs, je vous le dois.

L'habilleuse, paniquée, referme vigoureusement la porte.

Alex se frappe les tempes. Puis, intrigué, il retourne au miroir et consulte l'Inconnu.

ALEX
Vous la connaissez ?

L'Inconnu du miroir laisse passer un long silence.

ALEX

Elle vous connaît ?

Second silence. L'Inconnu conclut d'un ton sépulcral :

L'INCONNU DU MIROIR

Renoncez.

ALEX

Quoi ? Comment ?

L'INCONNU DU MIROIR

Il vaut mieux annuler.

ALEX

Qui vous permet de… ?

L'INCONNU DU MIROIR

Sinon quelqu'un ce soir va vous assassiner.

ALEX

Vous m'angoissez. Comment…

On cogne à la porte.
Malgré lui, Alex a un mouvement d'affolement.

On percute de nouveau.
Alex rétorque d'une voix blanche :

ALEX
Oui ?

LÉDA *(off)*
C'est encore moi ! Léda.

Alex soupire, soulagé.
Du coup, sa légèreté reprend le dessus et il décide soudain qu'aucune des alertes de Doris ou de l'Inconnu n'est à considérer sérieusement.

ALEX
Attendez une seconde.

Alex remet le plaid sur le miroir pour cacher l'Inconnu.

L'INCONNU DU MIROIR
Non, vous n'avez pas le droit.

ALEX *(à voix basse)*
Silence !

Après avoir recouvert le miroir, Alex se dirige vers la porte et ouvre à Léda, laquelle avance, tragique, et lance d'une voix de stentor :

LÉDA
Napoléon a mordu Staline !

ALEX
Non ?

LÉDA
Si ! Napoléon a mordu Staline. Vlan ! Dans la cuisse gauche.

ALEX
Staline va se venger.

LÉDA
Je le crains. Entre Staline et Napoléon, je ne suis jamais arrivée à déterminer lequel était le plus teigneux. *(Changeant soudain de ton.)* Je vous dérange…

ALEX
Au contraire, je parlais de vous.

LÉDA *(regardant autour d'elle)*
À qui ?

ALEX
À moi-même.

LÉDA
Ah… Et vous étiez d'accord ?

ALEX
Moi et moi-même ? À votre sujet, toujours.

LÉDA
Ravie de faire l'unanimité. *(Elle le regarde, soudain hébétée.)* Voyons, pourquoi suis-je venue ? Je ne m'en souviens plus…

ALEX
Staline et Napoléon.

LÉDA
Mes chiens ? Non. Dans cinq minutes, ils dormiront dans les pattes l'un de l'autre. Quoi d'autre ?

ALEX
Vous étiez en colère peut-être ?

LÉDA
Pas cette fois.

ALEX
Vous vouliez me raconter quelque chose ?

LÉDA

Non.

ALEX

Me demander quelque chose ?

LÉDA

Non. *(Haussant les épaules avec élégance.)* Ai-je besoin d'une raison ? J'avais peut-être simplement besoin de vous voir.

À ce moment-là, une main sort du miroir et s'efforce d'enlever le plaid.

Effrayé, Alex se précipite vers le cadre, s'y appuie et y renfonce la main.

ALEX

Non !

LÉDA *(médusée)*

Pardon ?

ALEX *(se reprenant)*

Non ! Je disais : « Non, est-ce possible ? » Est-il possible que vous ayez plaisir à me voir ?

LÉDA
Je n'ai pas dit cela, je me posais la question.

La main tente une nouvelle évasion. Alex l'arrête et parvient à la repousser.

ALEX
Et la réponse ?

LÉDA
Je n'appartiens pas au troupeau des personnes ennuyeuses qui donnent des réponses aux questions qu'elles se posent.

ALEX
Vous laissez la vie répondre à votre place ?

LÉDA
La vie, le hasard, les circonstances…

ALEX
… les initiatives de ceux qui vous entourent…

Il avance, entreprenant, sans qu'elle l'arrête. Elle s'égaye de son insistance à la séduire. À la dernière seconde, elle le retient quand il approche ses lèvres.

LÉDA

À quelques minutes de la représentation, une telle initiative va nous démaquiller.

ALEX

D'accord. Je renonce au baiser, une promesse me suffira.

LÉDA *(rétive)*

Une promesse ?

ALEX

Une promesse !

LÉDA

Une promesse, c'est comme un plat gratiné, chaud et savoureux à la minute où ça sort du four, froid et insipide une heure après. Annoncer qu'on embrassera, c'est aussi sot que jurer que demain on éprouvera de la fièvre.

ALEX

Vous ne faites jamais de promesses ?

LÉDA *(se levant)*

Je *suis* une promesse.

À cet instant, l'Inconnu repousse la couverture et jaillit du miroir, immense, furieux, terrifiant, passant d'une image en deux dimensions à un corps en trois dimensions.

Alex recule, impressionné.

ALEX
Nom de Dieu !

LÉDA
Pardon ?

L'Inconnu dévisage Léda avec fixité, sans que celle-ci le voie.

ALEX *(à l'Inconnu)*
Comment avez-vous fait ça ?

L'Inconnu ne répond pas, les yeux rivés sur la comédienne, se contentant de défroisser ses vêtements pour effacer le désordre qu'a occasionné la traversée du miroir.

LÉDA *(surprise)*
Comment j'ai fait quoi ?

ALEX
C'est impossible !

LÉDA
Quoi ? Que je me relève de ma chaise ? *(Bouffonnant.)* Mon cher, j'ai toujours réalisé toutes mes cascades moi-même !

ALEX
Je ne le crois pas.

L'Inconnu ne répond pas et Léda, pour le plaisir du jeu, poursuit sur le mode léger :

LÉDA
Tenez, je vous le prouve en recommençant. Attention, mesdames et messieurs : hop, je m'assois ; hop, je me lève.

ALEX
C'est sidérant !

Léda le toise, confondue, devinant qu'il parle d'autre chose. Elle se tourne pour suivre son regard mais n'aperçoit rien.

LÉDA

Que se passe-t-il ? Vous avez un malaise ?

ALEX

Non. Vous... vous ne remarquez pas ?

LÉDA

Quoi ?

ALEX

Là, dans la pièce ?

Léda secoue négativement la tête.

Alex se précipite vers l'Inconnu et le désigne à Léda.

ALEX

Ici...

Elle s'approche, intriguée. Il insiste.

ALEX

Lui.

LÉDA *(ne voyant personne)*

Lui ?

ALEX

Celui qui vous fixe comme un taureau qui va charger.

LÉDA

Vous avez de ces comparaisons… Retenez-vous, Alex ! C'est obligeant de me signaler que vous me désirez. De là à m'en menacer…

ALEX

Je ne parle pas de moi !

LÉDA

Oui, oui, j'ai bien compris. Ce n'est pas vous mais vous-même, l'autre partie de vous, celle avec laquelle vous discutiez avant que je n'entre, celle qui piaffe, qui me considère comme une génisse à saillir. *(Moue dubitative.)* Je suis déçue. Le procédé manque de galanterie. Pensez-vous me séduire en me comparant à une vache ?

ALEX

Il ne s'agit pas de ça…

Il effectue quelques pas désordonnés dans la loge. Léda croit comprendre :

LÉDA

Le trac ! Vous, Alex, vous avez le trac ! Et Doris qui prétendait que jamais... *(Riant.)* Allez, ça me rassure. Je croyais que j'étais la seule à me sentir illégitime au moment de monter sur scène...

Pendant qu'elle dit cela, l'Inconnu lui tourne autour, l'examinant dans les moindres détails.

ALEX

Terrorisant...

LÉDA

Quelle générosité de me le révéler... Non, vraiment, vous êtes délicieux.

L'Inconnu se tient contre elle. Elle frissonne.

LÉDA

C'est un carrefour de courants d'air, ici, non ?

ALEX

Non.

LÉDA

Vous ne sentez pas ce vent froid ?

ALEX

Non.

LÉDA

Je vais attraper la mort si je reste un instant de plus. Et puis… *(elle le regarde avec reproche)*… votre trac est contagieux, Alex, je… *(Fonçant vers la porte.)* À tantôt, je repasserai vous dire un mot lorsque vous irez mieux.

Sur le seuil, elle s'arrête.

LÉDA

Alex, je retrouve la raison qui m'avait poussée chez vous ! Je me demandais… Qu'ai-je pour incarner Célimène ?

L'INCONNU DU MIROIR *(spontané)*

Tout !

ALEX *(en écho)*

Tout ! Célimène, c'est vous. Contentez-vous d'articuler le texte en respirant entre les phrases et vous étincellerez.

LÉDA

Vraiment ?

ALEX / L'INCONNU DU MIROIR *(ensemble)*
Vraiment !

Ils se regardent, furieux de penser la même chose et de l'avoir dit à l'identique.
Léda glousse de plaisir et rejoint le couloir.
Alex court la rattraper.

ALEX
Léda, j'ai une question.

LÉDA
Oui, mon cher ?

ALEX
Et moi, qu'ai-je pour incarner le Misanthrope ?

L'Inconnu du miroir se plante devant Alex et lui lance avec autorité :

L'INCONNU DU MIROIR
Rien.

Alex le dévisage en frissonnant. Il tremble d'autant plus que, de son côté, Léda se tait, occupée à réfléchir.

L'INCONNU DU MIROIR *(insistant)*
Rien…

Alex défaille.

ALEX
Rien ?

L'INCONNU DU MIROIR
Rien !

Léda brise enfin le silence :

LÉDA
Votre talent.

ALEX
Mon…

LÉDA
Votre talent. Votre art fabriquera le personnage. Car vous ne lui ressemblez pas, mais pas d'un cheveu, à cet Alceste, ce terrible et menaçant misanthrope, vous qui êtes si affable, si suave, si magnanime. Oh oui, un rôle pareil pour vous, cela dépasse la gageure : cela relève du défi !

L'INCONNU DU MIROIR *(à Alex)*
Un défi insensé ! Même elle s'en rend compte…

ALEX *(pâlissant)*
Non !

L'INCONNU DU MIROIR
Annulez donc plutôt. Épargnez-vous la honte !

ALEX
Non !

Léda marche vers Alex, attendrie, puis l'embrasse sur le front.

LÉDA
À tout de suite.

Elle sort, laissant Alex dans un état mitigé.

Après quelques secondes, il se retourne et se dirige vers l'Inconnu.

ALEX
C'est cela que vous êtes venu me dire ?

L'Inconnu approuve de la tête.

ALEX
Que je vais échouer ?

L'INCONNU DU MIROIR
Je pressens un vrai bide.
Vous serez houspillé d'une façon sordide.

ALEX
Mon interprétation ne les convaincra pas ?

L'INCONNU DU MIROIR
Vous n'y survivrez pas : la salle bâillera.

ALEX
Ignorez-vous que ce que je vais entreprendre possède un nom ? Cela s'appelle un « contre-emploi ». Et nous, les comédiens, nous adorons les contre-emplois !

L'INCONNU DU MIROIR
Si, de ces contre-emplois, les comédiens raffolent,
Les pauvres spectateurs eux souvent s'en désolent.
Le beau veut s'enlaidir, la jeune se vieillir,
Le léger veut prouver qu'il est grave à ravir,
Le sot tient à briller et le plus grand tragique
S'obstine à démontrer qu'il cachait un comique.

Vous jouez pour vous seul, vous flattez votre orgueil,
Ignorant le public qui subit cet écueil.
Il vous aime vraiment, prisant ce que vous êtes,
Et vos paris idiots – en un seul mot – l'embêtent !
Il ne comprendra rien à votre misanthrope
Puisque vous lui semblez plutôt un philanthrope.

ALEX

Qu'en savez-vous ? Connaissez-vous mon caractère ?

L'INCONNU DU MIROIR

Où est le vertueux ? Où est l'atrabilaire ?
En vous je n'aperçois que le désir de plaire.

ALEX

Faudrait-il que je sois furieux, raide, sanguin, extrémiste, intraitable, pour vous interpréter ?

L'INCONNU DU MIROIR

Quel portrait ! Est-ce ainsi que vous me voyez ?

ALEX

Oui. Pas seulement moi.

L'INCONNU DU MIROIR

Là vous me chagrinez.

ALEX

Pourquoi ? Vous êtes brouillé avec le genre humain, vous ne voyez d'abord dans vos semblables que leurs défauts et vous passez votre temps, les tempes rouges, les veines du cou gonflées, à les houspiller.

L'INCONNU DU MIROIR

Est-ce ma faute si, partout dans l'univers,
Les êtres sont méchants, scélérats et pervers ?

ALEX

Votre exaspération n'a pas besoin d'occasion. Vous portez en bandoulière une indignation sans cause, une indignation qui préexiste aux raisons de s'indigner.

L'INCONNU DU MIROIR

Ma foi, vous feriez mieux de garder le silence
Tant ce raisonnement est plein d'impertinence !
D'où vient précisément mon mécontentement ?
Du jugement moral, pas du tempérament !

ALEX

Oh, le portrait déplaît au seigneur qui ne veut pas plaire ? La vérité hérisse le héros qui s'en prétend amoureux ?

L'INCONNU DU MIROIR

Votre épaisseur d'esprit vraiment me désespère.
Extravagant ! Pour vous je suis un caractère
Alors que je ne suis qu'une philosophie.
Les devoirs, les vertus organisent ma vie.
Lorsque j'ai l'air abrupt, batailleur, tourmenté,
C'est par amour du vrai et de l'honnêteté.

ALEX

Ah oui ? Alors vous désignez votre intolérance comme le pic de la sagesse ? Vos colères comme l'exercice de la tempérance ? Votre intransigeance comme de la pure raison ? Magistral philosophe, mon cher, qui nous guidez en haussant les épaules, en tournant le dos au dialogue, en brûlant terres et idées autour de vous ! Oui, c'est intelligent de nous apprendre à vivre ensemble en vous retirant au désert. Quel étrange modèle !

L'INCONNU DU MIROIR

Aidez-moi, Épicure et Platon, tous les sages,
À braver sans fléchir ces critiques sauvages

ALEX

Le danger, ce n'est pas tenter d'être sage mais croire qu'on l'est.

L'INCONNU DU MIROIR

Laissez-moi m'expliquer...

ALEX

Trop tard ! Je vais bientôt entrer en scène et, selon vous, me ridiculiser.

L'INCONNU

Justement, écoutez...

Deux coups sont frappés à la porte ; aussitôt, le battant s'ouvre.

Odon Fritz, la trentaine, habillé à la mode, l'aspect savamment négligé avec un rien de volontarisme dans la décontraction, s'encadre dans le passage.

ODON FRITZ

Bonsoir, je ne vous dérange pas, j'espère ? Paul Berk, le directeur, m'a permis de venir vous voir.

ALEX

Ah ? *(Il rit jaune.)* J'ignorais que c'était Paul Berk qui donnait ce genre d'autorisation.

Sans percevoir l'ironie, Odon Fritz entre.

L'Inconnu du miroir frémit de rage.

L'INCONNU DU MIROIR
La peste du fâcheux ! Quelle intrusion subite…

ODON FRITZ
Nous sommes amis, Paul et moi. Beaucoup fumé ensemble, bu ensemble, vomi ensemble, dragué les filles ensemble, largué les filles ensemble… *(Ému par ce qu'il dit.)* Oui, à une certaine époque, nous étions inséparables ! Nos pères, qui se détestaient, avaient fait faillite lorsque nous avions dix-huit ans.

ALEX
Ça crée des liens.

ODON FRITZ
Forcément.

Avant qu'Alex ne l'en ait prié, Odon Fritz désencombre un siège – celui sur lequel l'Inconnu s'appuyait – et s'y assoit sans remarquer qu'il expulse quelqu'un.

L'Inconnu s'éloigne en grommelant :

L'INCONNU DU MIROIR
À votre place, moi, je le chasserais vite.

Odon Fritz fixe soudain son interlocuteur, le détaillant comme s'il s'agissait d'un objet.

ODON FRITZ

Je ne vous cacherai pas, monsieur, que je ne vous ai jamais apprécié.

ALEX *(choqué)*

Ah…

ODON FRITZ

Votre succès… Vous plaisez, vous plaisez beaucoup, vous plaisez sans interruption, vous plaisez à toutes sortes de gens, aux minettes, aux mémés, aux employés, aux bourgeois, et pas seulement aux décérébrés puisque certains intellectuels ne jurent que par vous. Une horreur, la contagion absolue, l'épidémie qui décime le jugement critique. Je connais même quelques personnes d'un goût incontournable, oui, des membres du premier cercle, trois personnes de valeur en lesquelles j'ai confiance, qui vous estiment vraiment. Incroyable, non ?

ALEX

Incroyable…

ODON FRITZ

Ce genre de consensus me débecte ! Les gens courent après la moindre de vos apparitions, au cinéma, à la télévision, et encore davantage sur les planches.

ALEX

Je suis désolé.

ODON FRITZ

Savez-vous que je n'aurais pas obtenu un fauteuil ce soir si je ne m'étais souvenu que j'avais autrefois perdu mon temps avec cet abruti de Paul Berk. Enfin, vous êtes… comment dirais-je ?… « populaire ». *(Il grimace en prononçant le mot, comme si cela le salissait.)* « Populaire », je peux dire ça ?

ALEX

Vous pouvez.

ODON FRITZ

Je ne vous choque pas en employant ce mot ?

ALEX

Non.

ODON FRITZ

Condoléances, mon vieux, je trouve que vous le prenez bien… Suspect, le succès : ça flatte les préjugés, ça brasse les clichés, ça ne remet rien en question, ça exploite la médiocrité commune sans la corriger d'un iota. Le succès, c'est le deuil de l'invention, la trahison de l'exigence, la négation de l'idéal. Quand ils viennent vous voir, les gens abdiquent toute ambition, ils ne possèdent pas la moindre notion de ce qu'est l'art, ils veulent juste passer un moment agréable avec un homme « sympathique ». *(Nouvelle grimace.)* « Sympathique », vous m'excusez, je peux dire ça ?

ALEX

Vous pouvez.

ODON FRITZ

Félicitations, vous encaissez les coups ! Donc, je ne vous appréciais guère, auréolé de vos louches victoires. Plaire à tout le monde revient à viser bas.

ALEX

Viser juste ?

ODON FRITZ

Viser juste pour gagner du pognon, certainement.

Il rit, content de lui. L'Inconnu du miroir, furieux, intervient dans la conversation :

L'INCONNU DU MIROIR

Ah morbleu, c'est assez ! Chassez-le de ma vue.
S'il dit encore un mot, promis, je vous le tue.

Odon Fritz cesse subitement de rire.

ODON FRITZ

Comme il n'y a que les imbéciles qui ne changent pas d'avis, j'ai modifié mon jugement.

L'INCONNU DU MIROIR

Trop facile, monsieur ! Pour prouver son esprit,
Il n'est pas suffisant de varier ce qu'on dit.
Un crétin exhaustif continue à déplaire
En corrigeant le faux d'une opinion contraire.

ODON FRITZ

L'autre soir, chez une amie, lorsque je passais devant l'écran de sa télévision, un peu par hasard je dois l'avouer, je vous ai vu dans une publicité pour les vaches.

ALEX *(corrigeant par réflexe)*
Pour les fromages.

ODON FRITZ
Non, vous marchiez dans une étable, entouré de vaches !

ALEX
Parce qu'on tire le fromage du lait de ces vaches.

ODON FRITZ
Peu importe, vous étiez extraordinaire. L'œil, le silence, la présence. Aussi naturel que les bovins.

ALEX
Merci.

ODON FRITZ
Et là, j'ai compris le principe de votre gloire : vous ne trichez pas. Vous interprétiez ce rôle idiot comme s'il avait été rédigé par Racine. Non, vraiment, ce clip, c'est une chose qui comptera dans l'histoire du cinéma. Si le cinéma s'obstine à exister bien sûr… *(Il rit brièvement.)* Donc, après vous

avoir découvert dans cette réclame, je me suis dit : « Va le voir, lui saura. »

ALEX

Saura quoi ?

ODON FRITZ *(jubilant)*

Ah, ah, je vous intrigue ?

L'Inconnu du miroir essaie de s'interposer quoiqu'il sache qu'Odon Fritz ne le voit pas.

L'INCONNU DU MIROIR

Pas du tout !

Alex corrige le cri de l'Inconnu du miroir.

ALEX

Bcaucoup...

Comblé, Odon Fritz se rengorge et commence à exposer la cause de leur entrevue.

ODON FRITZ

Comme vous le savez, monsieur, j'écris !

L'Inconnu du miroir se tourne vers Alex.

L'INCONNU DU MIROIR
Vous le saviez ?

ALEX
Non.

ODON FRITZ
Pardon ?

Ne se doutant pas qu'Alex discute avec l'Inconnu du miroir, Odon Fritz croit que le « non » répondait à sa question.

Alex dissipe le quiproquo :

ALEX
Je disais : « Non, qui l'ignore ? Qui n'a pas conscience que vous écrivez ? » Personne ! Enfin, j'entends par là personne d'important, personne qui compte, personne du premier cercle.

ODON FRITZ
Naturellement. Je tiens à ce que mes tirages demeurent confidentiels, qu'ils ne touchent que l'élite, sans compromissions ni malentendus.

L'INCONNU DU MIROIR

Superbe ! L'insuccès lui tient lieu de talent.

ODON FRITZ

Dieu me garde des gros tirages.

ALEX

On le lui dira.

ODON FRITZ

Pardon ?

ALEX

À Dieu. *(Voyant la mine interloquée d'Odon Fritz.)* Je plaisantais.

ODON FRITZ *(sinistre)*

Désolé, je ne ris jamais de ce qui amuse les autres. Inutile de pratiquer l'humour avec moi, cela me passe totalement au-dessous du cerveau.

L'INCONNU DU MIROIR

Il penserait paraître un homme du commun
Si on le surprenait de l'avis de quelqu'un.
Choquer, bouder, médire ont pour lui plus de charmes
Que de la vérité saisir les humbles armes.

ALEX

Bien. *(Il soupire, regardant sa montre.)* Quelle raison me vaut l'honneur de votre visite ?

ODON FRITZ *(soudain enthousiaste)*

J'ai écrit une pièce.

L'INCONNU DU MIROIR

Aïe !

ALEX

Non !

ODON FRITZ

Si ! Je suis ébloui, moi aussi. D'autant que je n'aime pas le théâtre, mais alors pas du tout : coincé sur un siège de nain, sans pouvoir ni boire ni manger, contraint au silence, envahi par les épaules, les mains, les coudes et les odeurs de voisins que je n'ai pas choisis, en face d'une scène où il n'y a rien à voir sinon des pantins peinturlurés qui dégoisent le texte d'un autre, merci du supplice... Qu'est-ce que j'ai pu m'emmerder au théâtre ! Pas vous ?

ALEX

Non, pas moi.

ODON FRITZ

Enfin, passons, tel n'est pas mon propos, revenons au sujet du jour. Voici, hosanna, la foudre est tombée, on ne commande pas ses pulsions créatrices : j'ai composé un drame.

ALEX

Fabuleux. Parlez-m'en en quelques mots.

ODON FRITZ

C'est comme du Shakespeare mais en moins prétentieux.

Alex s'efforce de ne pas pouffer. L'Inconnu du miroir, lui, fulmine.

L'INCONNU DU MIROIR

N'allez pas plus avant. Vous devez l'éconduire.
Que les démangeaisons qui lui prennent d'écrire,
Il les soigne sans vous. Si vous lui répondez…

ALEX *(paisible)*

Que puis-je donc pour vous ?

ODON FRITZ

Jouez-la. Je vous l'offre.

Odon tend une brochure à Alex.

L'INCONNU DU MIROIR
N'y touchez pas.

ALEX *(à Odon Fritz)*
Voyons.

L'INCONNU DU MIROIR
Trop tard, vous êtes fait.
Bien accueillir chacun, l'intention est bonne.
Se laisser polluer, non, là je vous raisonne.

ODON FRITZ
Surtout, ne l'abîmez pas : je ne possède que deux exemplaires.

L'INCONNU DU MIROIR
Le rustre !

Alex saisit la brochure. L'Inconnu s'approche. Ils déchiffrent la page de garde.

ALEX
« Combien de fois je me suis astiqué le pénis dans les toilettes pendant que mes parents s'engueulaient. »

ODON FRITZ *(fier)*
C'est le titre !

ALEX
Dites-moi, comme titre, c'est…

ODON FRITZ
Original ?

L'INCONNU DU MIROIR
Ordurier !

ALEX
… long ? Sur une colonne, ça risque d'occuper toute la surface de l'affiche…

ODON FRITZ
Tant mieux ! Ça frappe, non ?

ALEX
Ça cogne !

L'INCONNU DU MIROIR
Ça pue !

ALEX
Quel en est le sujet ?

ODON FRITZ
La solitude ! Évidemment, le sujet n'a rien à voir avec le titre.

ALEX
Pourquoi ?

ODON FRITZ
Banal.

L'INCONNU DU MIROIR
À vouloir se montrer par trop original
On joue au vieux bon sens un tour bien infernal.

ALEX
Combien y a-t-il de rôles ?

ODON FRITZ
Je ne sais pas.

ALEX
Y en a-t-il un pour moi ?

ODON FRITZ
Celui que vous voudrez.

ALEX
Pourquoi pas le principal ?

ODON FRITZ

Pourquoi pas ! Personnellement, j'aime le muet qui se tient à l'écart sans participer à l'action.

ALEX

Un muet ? Cela pourrait représenter une prouesse s'il est très expressif...

ODON FRITZ

Pas celui-là. Il ne ressent rien. Totalement à part. Immobile. Pas un sentiment ne passe en lui.

ALEX

Comme une colonne qui serait peinte dans le décor ?

ODON FRITZ

Voilà !

ALEX

On ne m'avait pas proposé cela depuis longtemps.

La voix du régisseur descend de nouveau du plafond.

LE RÉGISSEUR *(off)*
Mesdames et messieurs les comédiens, le rideau se lève dans un quart d'heure.

Alex frémit.
Odon Fritz, enchanté, se lève.

ODON FRITZ
Quand puis-je repasser ? À l'entracte ?

ALEX
Je dois me préparer pour jouer *Le Misanthrope*, habillage, maquillage, révision du texte, lutte contre le trac. Excusez-moi d'être si laborieux.

ODON FRITZ
Bon, après la représentation ? *(Alex branle négativement la tête.)* Demain matin ? *(Idem.)* Demain soir ? *(Idem.).* Après-demain ? *(Idem.)* Vous n'y mettez pas beaucoup de bonne volonté.

ALEX
Cher monsieur, vous devez vous rendre compte que je reçois chaque jour plusieurs brochures. Vous n'êtes pas le seul à penser à moi pour interpréter votre prose et mes journées manquent d'heures.

ODON FRITZ

Oh, ma pièce à moi ne vous prendra pas longtemps : elle n'occupe que trente pages. Et puis surtout, elle est unique !

ALEX

En quoi ?

ODON FRITZ

J'ai réinventé l'art dramatique.

ALEX

Tiens !

L'INCONNU DU MIROIR

Allons donc !

ODON FRITZ

J'ai réinventé l'art dramatique pour la simple raison que je hais le théâtre et que je ne m'y rends pas. Là réside ma force ! Pour faire table rase du passé, l'ignorance s'avère plus efficace que la connaissance, laquelle s'encombre de respect, de nostalgie, d'admiration ou – pire – de compétence. Seul le barbare est révolutionnaire.

ALEX *(en l'accompagnant à la porte)*
Brillant ! Je n'y avais pas pensé !

L'INCONNU DU MIROIR *(écœuré)*
N'avoir jamais rien fait est un grand avantage,
N'avoir jamais rien lu un précieux bagage,
Mais il ne faudrait pas quand même exagérer !

ODON FRITZ
En revanche, assurez-moi d'une chose : montrez-vous sincère ! Dites-moi franchement ce que vous pensez. Pas de compliments frelatés. Juré ? Comme vous l'avez constaté, je ne me ménage pas.

ALEX
Je l'ai bien noté.

ODON FRITZ
Par exemple, si vous me dites que c'est parfait, je ne vous croirai pas.

ALEX
Ah ?

ODON FRITZ
Je hais la perfection. Si mon texte se révélait parfait, cela relèverait d'un déplorable accident.

L'INCONNU DU MIROIR
Nous ne redoutons pas ce genre d'accident !

ODON FRITZ
Et ne m'annoncez pas non plus que vous tenez la meilleure pièce que vous ayez lue depuis dix ans !

L'INCONNU DU MIROIR
Ah soyez rassuré : nous en faisons serment.

ALEX
Si c'était vrai ?

ODON FRITZ
Non, je refuse qu'on me compare aux autres.

L'INCONNU DU MIROIR
La vanité l'étouffe et il se croit modeste.

ODON FRITZ
Bref, comme vous voyez, je suis disposé à tout entendre et vous êtes complètement libre.

ALEX
Quelle faveur vous m'octroyez !

ODON FRITZ *(protestant faiblement)*
Allons, allons. Moi aussi, je serais ravi de travailler avec vous.

Alex l'accompagne jusqu'au couloir, ou plutôt le pousse vers le couloir.

ODON FRITZ
Vous la lirez ?

L'INCONNU DU MIROIR
Jamais !

ALEX
Je vous le jure !

Sur le seuil, Alex saisit le bras d'Odon Fritz.

ALEX
Cependant – permettez-moi cette inquiétude –, ne craignez-vous pas qu'avec moi, la pièce rencontre le succès ?

ODON FRITZ
Pardon ?

ALEX
Oui, comme vous le savez, j'ai le malheur d'intéresser le public et il se pourrait que les foules se précipitent pour voir... *(il cherche le titre sur la brochure)*

... Combien de fois je me suis astiqué le pénis dans les toilettes pendant que mes parents s'engueulaient. Votre drame sur la solitude risque de remplir la salle pendant des mois ! Je ne voudrais pas que votre honneur, votre sensibilité, votre échelle de valeurs soient compromis par un triomphe que moi, misérable saltimbanque, j'estimerais mérité, mais que vous, altissime auteur, habitué à des cieux plus sauvages et moins fréquentés, vous trouveriez suspect, crasseux, nauséabond.

ODON FRITZ

Tant pis, je prends le risque !

ALEX

Quelle grandeur d'âme ! Je vous aime.

Alex ferme la porte sur Odon qui disparaît. Puis il éclate de rire.

L'Inconnu du miroir libère son courroux.

L'INCONNU DU MIROIR

Morbleu, le scélérat ! Sa fatuité m'assomme.
Comment supportez-vous cet échantillon d'homme ?
L'hypocrite se vêt d'un masque de dédain

Mais échoue à cacher son appétit du gain.
S'il dénonce à hauts cris vos succès populaires,
Il n'estimera pas vos écus si vulgaires.
Prétendant se railler quand il se complimente,
Il feint de mépriser ce qui vraiment le tente.
Quoi ? Lirez-vous un jour son immonde opuscule ?

ALEX
Ah oui, je l'ai promis.

L'INCONNU DU MIROIR
Mais il est ridicule !

ALEX
Précisément. Si le texte est à la hauteur du personnage, je vais me divertir.

L'INCONNU DU MIROIR
Il fallait sans tarder rabattre sa superbe,
Fouetter ce maraud d'une semonce acerbe,
Le corriger, morbleu, lui dégonfler le front,
À plus de modestie ramener ses façons !
Si le blâme déplaît, sa justesse soulage
Car qui se voit peu sot le devient davantage.

ALEX
Oh non, pourquoi gâcher la joie de cet abruti ? Il s'aime, il s'admire. Laissons-le être ridicule en paix.

L'INCONNU DU MIROIR
Vous riez, malheureux, au lieu de fustiger.

ALEX
Vous criez, malheureux, au lieu de rigoler.

L'INCONNU DU MIROIR
Je souffre qu'on soit sot, teigneux, malavisé.

ALEX
J'en souffre moi aussi mais veux m'en amuser.

L'INCONNU DU MIROIR
Comme si s'esclaffer allait changer le monde !...

ALEX
Changer le monde point, mais mon rapport au monde.

L'INCONNU DU MIROIR
Auriez-vous donc perdu le goût de l'idéal ?

ALEX
J'évite simplement qu'il se montre infernal.

L'INCONNU DU MIROIR
Rire c'est renoncer à la grandeur de l'homme.

ALEX

Rire c'est accepter que l'homme soit un homme.
En nous on trouvera le pire et le meilleur.
Du mauvais vous jouez l'exhaustif aboyeur,
Sans répit et sans fin, nous cassant les oreilles ;
Je préfère celui qui souvent s'émerveille,
Sourit, plaisante, jouit, à celui qui rugit.

L'INCONNU DU MIROIR

Vos vers ou vos idées, tout en vous est petit.

ALEX

Mes vers ? Quels vers ? Allons ! Je n'ai pas l'habi-
tude
De rythmer mon discours avec exactitude.
Eh quoi…

L'INCONNU DU MIROIR

Vous entendez ?

ALEX

Par quelle aberration,
Subis-je de vos mots l'horrible contagion ?
Je parle à douze pieds, ma prose a pris la fuite,
Me voici affecté d'une alexandrinite !
Ainsi qu'on se refile un bout de sparadrap,

Vous m'avez, cher monsieur, foutu dans de beaux draps !
Eh ! Comment m'arrêter ?

L'INCONNU

Une impossible rime
Seule vous aiderait à briser ce régime.

ALEX

Exemple ? S'il vous plaît...

L'INCONNU

Eh bien le terme busc
Qui ne trouve en écho que le vocable musc.
Tirez le mot précieux, le mot rare, l'hapax,
L'expression sans écho du genre opopanax.

ALEX

Cette fois j'ai compris. Alors je le dis : stop !

Ils se taisent tous les deux, impressionnés par la force du mot et le silence qui suit.

L'INCONNU

Bravo !

ALEX

Je suis guéri.

Il s'assoit, rasséréné, et se sert à boire.

ALEX

Un simple mot et, hop,
Je renvoie aux enfers tous mes vers par ce stop !

Alex se rend compte qu'il vient de rimailler encore. Il s'en inquiète.

Devant sa mine, l'Inconnu du miroir éclate de rire.

Alex le toise.

ALEX

Vous riez ! Vous riez alors que vous me reprochiez de rire.

L'INCONNU DU MIROIR

Vous devriez vous en féliciter.

ALEX

Votre rire n'est pas le mien, votre rire blesse, condamne, méprise, salit, un rire plein de vilaines humeurs. Vous riez comme on crache, pour vous soulager et pour insulter l'autre. Si votre rire m'abaisse, il ne vous met pas plus haut : il nous éloigne, rien d'autre. Tandis que moi, mon rire, il nous rapproche. Lorsque je m'esclaffe, je ne juge pas, je ne dénonce pas, je compatis, je m'attendris. Je ris de nous, des pauvres êtres maladroits et bornés que nous sommes. Mon rire ne m'exclut pas de l'humanité, il m'y plonge. Un rire solidaire, un gage d'affection. Il y a de la sagesse et de l'amour dans mon rire ; dans le vôtre, seulement de la distance et du mépris. D'où croyez-vous nous observer ? Du poste de Dieu ou du poste du diable ?

L'INCONNU DU MIROIR

Du point de vue que prend une âme vertueuse
Qui pourchasse le mal de façon vigoureuse.

Ils sont interrompus par une intrusion : sans frapper à la porte, Joséphine passe la tête dans la loge.

JOSÉPHINE

Papa ?

ALEX

Ma Joséphine !

Elle entre, joyeuse.

JOSÉPHINE
Alors : merde, merde, merde !

L'INCONNU DU MIROIR
Bravo ! Mes compliments ! Belle éducation…

ALEX
Oh, ma Joséphine, tu es venue, tu es là ?

JOSÉPHINE
Papa, change de chanson, s'il te plaît : j'assiste depuis dix-huit ans à toutes tes premières et pourtant, à chaque fois, tu t'en étonnes.

ALEX
Normal, je suis encore étonné que tu existes.

JOSÉPHINE
Es-tu prêt pour ce soir ? *(Sans attendre la réponse, elle l'embrasse.)* Tu vas triompher !

L'INCONNU DU MIROIR
Mais qu'est-ce qu'elle en sait ?

ALEX *(par réflexe)*
Oui, c'est vrai : qu'est-ce qu'elle en sait ?

JOSÉPHINE *(interdite)*
Pardon ?

ALEX *(se reprenant)*
Je me demandais : pourquoi es-tu si certaine que je vais m'en tirer ?

JOSÉPHINE
Parce que tu es mon père…

ALEX
Il y a des pères très mauvais acteurs.

JOSÉPHINE
… et parce que tu ne m'as jamais déçue.

ALEX *(gêné)*
Ah ? Merci. Tant de confiance, j'ignore si cela me rassure ou m'inquiète.

JOSÉPHINE
Papa, que se passe-t-il ?

ALEX
Rien. Parle-moi vite d'autre chose.

JOSÉPHINE
Peux-tu me donner cent euros ?

ALEX *(avec enthousiasme)*
Bien sûr, mon ange. Attrape mon portefeuille. Il doit contenir le triple. Prends tout.

JOSÉPHINE
Merci, papa. *(Elle se sert et dit, vive :)* Tu sais, cet après-midi, j'ai aidé Toto.

Alex continue à se préparer pour la représentation.

ALEX
Toto ?

JOSÉPHINE
Thomas.

ALEX *(avec un imperceptible mouvement d'impatience)*
Pourquoi ne l'appelles-tu pas Thomas, alors ? Autant que je sache, il n'y a pas de saint Toto dans le calendrier…

JOSÉPHINE *(surprise)*
Tu n'aimes pas Toto ?

L'Inconnu du miroir s'approche, très intéressé.

L'INCONNU DU MIROIR
Tiens, tiens…

ALEX *(un peu embarrassé)*
Faux, j'aime tout le monde, et particulièrement tes amis, mais je ne raffole pas des diminutifs. Est-ce que j'annonce, moi, que ce soir, avec *Le Misanthrope*, je vais jouer une pièce de Momo ?

JOSÉPHINE
Molière s'appelait en réalité Jean-Baptiste Poquelin.

ALEX
Pareil ! Est-ce que je joue une pièce de J.B. ?

JOSÉPHINE
Ne t'énerve pas.

L'INCONNU DU MIROIR *(amusé)*
Joséphine a raison : ne vous emportez pas.
Je suis saisi aussi par ce soudain fracas.

Alex se calme et reprend, adouci.

ALEX
Donc, au sujet de Thomas, tu me disais… ?

JOSÉPHINE
Que je lui ai prêté de l'argent. Pas mal d'argent. En réalité, toutes mes économies.

L'Inconnu ricane.

Alex, choqué, se force à avoir une réaction mesurée.

ALEX
Pourquoi ?

JOSÉPHINE
Il pleurait, bouleversé. Je n'ai pas voulu le blesser en exigeant des détails ; c'était déjà assez humiliant pour lui de me demander de l'argent.

Alex hoche la tête, grave, se contraignant au contrôle.

ALEX
Naturellement. *(Un temps.)* Es-tu amoureuse de lui ?

JOSÉPHINE
De Toto ? Tu plaisantes ! C'est un copain.

ALEX
Alors, pourquoi lui offres-tu un tel cadeau ?

JOSÉPHINE
Enfin, papa, aider un ami, ce n'est pas un cadeau, c'est normal. Je te l'ai toujours entendu dire, je te l'ai toujours vu faire.

ALEX
Oui, je fais cela mais... je ne veux pas que tu le fasses.

JOSÉPHINE
Pourquoi ?

ALEX
Parce que !

JOSÉPHINE
Quelque chose a dû m'échapper dans ton éducation : je n'avais pas compris que la bienveillance et la bienfaisance t'étaient réservées.

ALEX
Il ne s'agit pas de ça. D'abord, je ne connais pas Toto... euh Thomas...

JOSÉPHINE

Si, tu l'as vu ; peu importe, moi je le connais.

ALEX

… ensuite, je ne veux pas que tu dilapides tes économies.

JOSÉPHINE

Papa, tu plaisantes ! Depuis ma plus tendre enfance, je ne me souviens de toi qu'un billet à la main, en train de donner à ceux qui en avaient besoin, même à ceux qui prétendaient en avoir besoin. C'est pour ça que maman est partie, d'ailleurs.

ALEX *(les dents serrées)*

Je ne crois pas que ta mère soit partie pour cela…

JOSÉPHINE

Si !

ALEX

… et en l'admettant, je n'arrive pas à comprendre comment sa fuite l'aurait précisément conduite dans les bras d'un moniteur de ski qui avait quinze ans de moins qu'elle.

JOSÉPHINE
Et vingt de moins que toi.

ALEX
Ne détourne pas la conversation.

JOSÉPHINE
Papa…

ALEX
Assez !

L'INCONNU DU MIROIR
Vous êtes fort injuste.

ALEX
Silence !

L'INCONNU DU MIROIR
Même si elle a tort, je la trouve charmante,
Et puis, par-dessus tout, ce moment-là m'enchante,
Celui où les enfants refont l'éducation
De leurs piteux parents.

ALEX
Chut !

L'INCONNU DU MIROIR
C'est votre punition.

ALEX
La ferme !

JOSÉPHINE
Mais je n'ai rien dit...

ALEX
Taisez-vous, tous. *(Se ressaisissant.)* Joséphine, de mes libéralités que certains, comme ta mère, prennent pour de l'inconscience, je n'ai de comptes à rendre à personne. Mon argent, c'est mon argent, je l'ai gagné, j'en dispose à ma guise. Tandis que ton argent...

JOSÉPHINE *(attaquant à son tour)*
C'est le tien ?

ALEX *(embêté)*
Non, non, puisque je te l'ai donné.

JOSÉPHINE
Alors, c'est le mien ?

ALEX *(du bout des lèvres)*
Oui.

JOSÉPHINE

Donc je l'emploie comme je le veux.

ALEX

Certes, mais il faudrait l'utiliser à bon escient.

JOSÉPHINE

Je veux du bien à Toto, et je le lui prouve. Est-ce mal ?

ALEX

Comment être sûr qu'il te remboursera ?

JOSÉPHINE

Je connais Toto.

ALEX *(avec humeur)*

Ah oui ? Qu'a-t-il accompli de si remarquable, Toto ? Il a construit une fusée pour Mars, Toto ? Il a comblé le trou de la Sécurité sociale ?

JOSÉPHINE

Tant pis si je me trompe, je prends le risque. Au moins, je serai en accord avec moi-même. Dormir sur un matelas d'or quand mes proches ont des problèmes, je ne veux pas me reconnaître là-dedans. En plus, Toto est fier, Toto a le sens de l'honneur, Toto ne...

ALEX

Toto ! Toto ! Toto ! Lâche-moi la grappe avec ton Toto ! Qui c'est Toto, d'abord ? Le petit péteux avec les cheveux jusqu'aux fesses ou le morveux à poil ras qui essaie de coucher avec toi ?

JOSÉPHINE *(horrifiée)*

Papa !

ALEX

À moins que ce ne soit l'asperge qui ne sait dire que « ouais ». « Vous aimez le vin ? – Ouais. – Vous avez vu la pièce de Marivaux ? – Ouais. – Vous allez voter aux prochaines élections ? – Ouais. – Vous trouvez ma fille jolie ? – Ouais. – Intelligente ? – Ouais. » Même un âne a plus de vocabulaire, même un âne va jusqu'à « hi-han ».

JOSÉPHINE

Papa ! Tu parles de mes amis…

ALEX

Tes amis, malheureuse ! Des mollusques écervelés qui te collent au cul à cause du misérable milligramme de testostérone qui agite leur grand corps mou ! *(Exaspéré.)* Alors, c'est lequel Toto ? Celui dont les pantalons permettent de voir la raie des fesses ou celui qui respire par la bouche au point qu'on a l'impression qu'il vient de tomber de son aquarium ?

JOSÉPHINE

Celui qui t'a apporté l'autre jour une énorme boîte de tes cigares préférés !

ALEX *(avec mauvaise foi)*

M'étonne pas qu'il ait des dettes… À vingt ans, on n'offre pas une caisse de havanes à un homme mûr. Il doit avoir de drôles de fréquentations, ton Toto.

JOSÉPHINE *(outrée)*

Oh, la dernière fois, tu m'as dit que tu l'appréciais beaucoup.

ALEX

J'ai dit n'importe quoi.

JOSÉPHINE

Je crois plutôt que c'est aujourd'hui que tu dis n'importe quoi.

ALEX *(la suppliant soudain)*

Joséphine, ton argent, je veux que tu le gardes pour toi.

JOSÉPHINE
Parce que tu me l'as donné ? Or si moi, mon plaisir, c'est de le donner.

ALEX
Oui, donne-le, goutte à goutte, pas à n'importe qui. À vingt ans, un gamin comme Toto n'a pas besoin de 10 000 euros !

JOSÉPHINE
Moi non plus.

Joséphine retourne vers la porte.

JOSÉPHINE
Papa, tu es mesquin.

ALEX
Parce que tu ne l'es pas assez, Joséphine.

JOSÉPHINE
Je ne te reconnais plus. *(Avec ambiguïté.)* Merde !

Elle sort, peinée.
Seul, Alex fulmine :

ALEX
Toto…

L'Inconnu s'approche, plus aimable qu'à l'ordinaire.

L'INCONNU DU MIROIR
Enfin un brin d'ardeur, enfin un peu de flamme,
Pour de cet enfançon purger et laver l'âme !
Si vous vous révélez un homme très fâcheux,
Le père en vous, ma foi, semble moins désastreux.

ALEX
Joséphine donne sa confiance à n'importe qui, elle ne soupçonne jamais les gens de roublardise. D'un tempérament altruiste, elle s'imagine les autres aussi droits qu'elle.

L'INCONNU
La juste éducation corrige la nature,
Assouplit la raideur, redresse la courbure,
Avertit le naïf qu'il doit se méfier,
Encourage le dur à moins se défier,
Colmatant un défaut par un défaut contraire,
La vertu opposée palliant la vertu mère.
Or malheureusement vous avez oublié

De résister jadis à l'excès d'amitié
Qu'éprouve votre fille à l'égard de tout homme.
Trop tard pour lui souhaiter l'amour plus économe !

ALEX

Ma pauvre Joséphine, je l'ai laissée grandir sans entraver sa bonté innée, sans l'éveiller à la trahison, sans lui apprendre à soupçonner, enquêter, démentir. Par ma faute, elle est devenue prodigue jusqu'à l'étouffement.

L'INCONNU

Entre la fille aveugle ignorant la malice
Et le père qui rit en présence du vice,
Je ne sais, je l'avoue, qui je dois préférer.

ALEX

Dites-moi la vérité : pensez-vous que j'élève mal ma fille ?

L'INCONNU

Mal est déjà trop fort : vous ne l'élevez pas.
Vous lui offrez un toit, lui servez des repas.
Elle pousse, rien d'autre…

ALEX

Facile de brocarder lorsqu'on a esquivé le rôle de père.

L'INCONNU DU MIROIR

Affable avec les uns, dur avec votre enfant,
Vous êtes traversé de traits fort discordants.
Votre esprit s'est logé sur une balançoire
Et rend votre conduite assez contradictoire.

ALEX

Contradictoire eh bien ! Voyons, qui ne l'est pas ?

L'INCONNU DU MIROIR

Moi.

ALEX

Vous ?

L'INCONNU DU MIROIR

Pour sûr.

ALEX

Farceur !

L'INCONNU DU MIROIR

Non ! Je m'exclus du tas.

ALEX

Et Célimène ? Si vous haïssez les hommes parce que vous ne les trouvez pas à la hauteur de ce qu'ils devraient être, pourquoi vous étiez-vous entiché d'une coquette comme Célimène ? Vous couriez après une femme qui possédait tous les défauts que vous reprochiez aux autres, plus de nouveaux encore.

L'INCONNU DU MIROIR

Je confesse mon faible : elle avait l'art de plaire.
D'un penchant pour son cœur je ne pus me défaire.
Chacun n'a-t-il pas droit à un entêtement ?

ALEX

Je sais un autre mot pour ces entêtements : l'amour.

L'INCONNU DU MIROIR

L'amour ?

ALEX

Eh oui l'amour.

L'INCONNU DU MIROIR

L'amour, peut-être…

ALEX

L'amour qui ne rime pas avec la raison. Quand vous courtisiez Célimène, ce n'était pas la raison qui parlait en vous, mais l'amour. Quand je gronde ma fille, ce n'est pas l'amour qui parle en moi, mais la raison.

L'INCONNU DU MIROIR

Si ce n'est que l'amour vous pousse à la raison,
Tandis qu'il me portait, moi, à la déraison.

ALEX

Quelle lucidité !

L'INCONNU DU MIROIR

En trois siècles d'errance,
J'ai voulu me doter d'un peu de clairvoyance.
Qui demande beaucoup et exige d'autrui,
Doit à l'honnêteté d'attendre autant de lui.

Doris frappe alors à la porte avec énergie.

DORIS *(off)*

Tout va bien, monsieur ?

ALEX

Oui, Doris. Une pointe de trac mais tout va bien.

DORIS *(off)*

Quelqu'un vous importune ?

ALEX
Non, Doris.

DORIS *(off)*
Vous êtes seul ?

ALEX
Oui.

DORIS *(off)*
Pourtant, je vous entends converser.

ALEX
J'ai presque fini de m'habiller.

DORIS *(off)*
Alors, je peux entrer ?

Avant qu'Alex ait répondu, Doris pousse la porte et débarque, tel un judoka, prête à en découdre avec l'ennemi. Elle court partout en cherchant un intrus. Naturellement, elle ne voit pas l'Inconnu qu'elle bouscule plusieurs fois.

Après quelques tours, elle s'arrête et s'exclame, quasi déçue :

DORIS
Il n'y a personne…

ALEX
C'est ce que je vous disais.

DORIS
J'avais cru…

ALEX
Je révisais mon texte.

Doris se gratte le crâne, se demandant ce qu'elle révèle ou non à Alex. Du coup, elle enchaîne les phrases confuses :

DORIS *(pour elle)*
C'est qu'il est capable de tout… d'arriver par n'importe quelle issue, surtout celle que l'on n'attend pas… même de prendre une apparence différente… un aspect dont on ne se méfie pas…

ALEX
De quoi parlez-vous ?

Doris relève la tête et le contemple, désorientée, comme si elle se réveillait.

DORIS
Je vous aime beaucoup, monsieur.

ALEX
Mais moi aussi, Doris.

DORIS
Je ne voudrais pas qu'il vous arrive un malheur.

ALEX
Quoi ? Vous allez me conseiller de ne pas monter sur scène ?

DORIS
Ça pourrait être dangereux…

L'INCONNU DU MIROIR
Vous voyez ? Elle encor. Vous êtes prévenu.

DORIS
Très dangereux !

L'INCONNU DU MIROIR
D'empêcher ce carnage est le moment venu.

Alex serre les poings, l'œil noir.
Une voix descend du plafond :

VOIX DU RÉGISSEUR *(dans les haut-parleurs)*
Mesdames, messieurs, le spectacle commence dans deux minutes. Préparez-vous à entrer en scène. Bonne soirée à toutes et à tous.

Pris de fureur, Alex toise Doris.

ALEX
Vous n'allez pas vous y mettre, Doris ?

DORIS
Me mettre à quoi ?

ALEX
À me conseiller de renoncer.

DORIS
Ça vaudrait mieux, monsieur.

Alex tonne :

ALEX
Dehors !

DORIS
Monsieur…

ALEX

Ouste ! Retournez à vos perruques et vos dentelles, je dois me concentrer.

Doris obéit, choquée par cette colère.

Alex revient à ses accessoires pour ajouter la dernière touche à son accoutrement.

L'Inconnu le toise.

L'INCONNU DU MIROIR

Je vous aurai, Alex, prévenu du danger
Que vous courez ce soir à me représenter.

ALEX *(courroucé)*

Vous, je ne vous remercie pas ! Vous n'êtes sorti de la glace que pour me couper les ailes, railler mes comportements, désavouer mon éducation. Dorénavant, je n'ai plus que deux buts : monter sur scène et séduire Léda. Si ce soir j'affronte le public et conquiers ma partenaire, ce n'est plus parce que j'en ai envie, non, mais pour vous donner tort et me donner raison. Je ne vous remercie pas. À cause de votre morale cassante, je ne vais pas agir par goût, plutôt par contradiction, surtout par revanche. Chapeau, maître Alceste ! Vous ternissez le soleil, vous découragez la jouissance, vous transformez l'or en plomb. S'il y avait un mot pour désigner le contraire d'un alchimiste, il vous serait attribué d'office.

Alex se dirige vers la sortie puis revient.

ALEX

Oh j'y pense, ce nom, il existe, c'est le vôtre : misanthrope. La haine de l'humain. La mort du jeu. Le dégoût du plaisir. Je vous quitte, monsieur que je réprouve, pour aller vous incarner. J'ai rendez-vous avec votre âme, je vais lui prêter ma peau. Cela va durer deux heures, deux longues heures mais, Dieu merci, seulement deux heures. Croyez bien que la prochaine fois, je surveillerai mieux mes fréquentations et que j'éviterai de me donner au diable. Adieu, je ne vous salue pas, monsieur !

Alex disparaît.

L'Inconnu du miroir est si désarçonné par cette charge qu'il ne riposte pas.

Alex réapparaît, mutin, un large sourire aux lèvres.

ALEX

Pas mal, non, ma colère improvisée ?

L'INCONNU DU MIROIR

Pardon ?

ALEX

C'était un petit galop, un tour d'essai, une simple mise en jambes pour vous interpréter. Qu'en pensez-vous ? Vous ai-je convaincu ?

L'Inconnu, furieux, va pour protester quand Alex éteint la lumière, claque la porte et s'éloigne en courant.

Dans la pénombre, la voix du régisseur reprend, plus forte, plus présente, plus insistante :

LA VOIX DU RÉGISSEUR

Mesdames et messieurs, la représentation commence dans trente secondes.

Soucieux de ne pas rater le spectacle, l'Inconnu retourne au miroir, soulève le plaid et y rentre.

La porte de la loge s'ouvre et un courant d'air s'engouffre, libérant le cadre de son étoffe.

Sous l'effet de la surprise, l'Inconnu, déjà dans le miroir, se retourne pour voir ce qui se passe.

Les ombres d'un couple se glissent dans la pièce sombre.

LÉDA *(chuchotant)*

Viens. On n'aura pas l'idée de nous chercher ici.

On découvre qu'Odon Fritz suit Léda.
Brutal, il veut la serrer contre lui.
Léda résiste par principe ou habitude.
D'agacement, Odon la secoue avec vigueur.

ODON FRITZ

Ah, ne joue pas ta mijaurée, salope ! Pas avec moi !

LÉDA *(excitée)*

Tu es ignoble.

ODON FRITZ

Allumeuse !

LÉDA *(exaltée)*

Personne n'a le droit de me parler comme ça.

ODON FRITZ
Je te traite comme tu le mérites, traînée !

LÉDA
Tu es abject, mal élevé, arrogant, brutal…

Elle se jette contre lui.

LÉDA
Ah, je ne peux résister à un homme qui me terrifie…

Ils s'embrassent violemment.

L'Inconnu du miroir n'a rien perdu de la scène qu'il a reçue comme un coup de poing dans ses illusions concernant Léda.

Doris débarque dans la pièce, folle, un revolver à la main.

DORIS
Je sais que tu es là. Montre-toi immédiatement !

Odon et Léda, pétrifiés, se collent, muets, contre un mur.

DORIS
Montre-toi, sinon je tire dans le vide !

Elle parcourt l'obscurité, son arme pointée.

DORIS
Raspoutine ! Sors de l'ombre. Je compte jusqu'à trois.

À cet instant, les trois coups annonçant le lever de rideau commencent à s'égrener au loin. Premier coup de brigadier.

DORIS
Un !...

Odon et Léda essaient de se glisser vers la porte sans se signaler à Doris. Deuxième coup de brigadier.

DORIS
Deux !...

Odon et Léda arrivent à la porte.
Troisième coup de brigadier.

DORIS
Trois !

L'Inconnu, se rendant compte qu'il va rater le début de la pièce, claque des doigts et disparaît.

Noir

2

Doris se tient devant le haut miroir, seule dans la loge qu'éclaire chichement la lumière bleue d'une veilleuse.

Au loin, venant de la salle à travers les couloirs des coulisses, des applaudissements crépitent, mêlés d'acclamations enthousiastes : la représentation remporte un succès gigantesque.

En discordance avec cette joie, Doris, criblée de pensées noires, le corps mou, le visage atterré, dialogue avec son image.

DORIS
Je suis déprimante.

Dans la glace, son reflet lui répond mollement :

LE REFLET DE DORIS

Mais non !

DORIS

Quand je me regarde, je me fous le cafard.

LE REFLET DE DORIS

Allons !

DORIS

Tu as déjà vu une gueule pareille ?

LE REFLET DE DORIS

Jamais… Pourtant ça doit exister, quelqu'un qui te ressemble…

DORIS

Impossible.

LE REFLET DE DORIS

Il paraît que c'est mathématique… génétique… statistique… un truc comme ça : tous les êtres humains possèdent un sosie. Tu en as un aussi.

DORIS

Il s'est sûrement déjà suicidé.

Soudain, on perçoit un bruit sec dehors.

DORIS
Raspoutine ?

Doris se précipite sur son pistolet, le saisit, le brandit en direction de l'entrée.

Les pas persistent tandis qu'une ombre s'allonge dans le couloir

DORIS
Raspoutine, c'est toi ?

Le danger approche.

DORIS
Montre-toi, Raspoutine !

À cet instant, une silhouette s'encadre dans la porte.

Doris pousse un cri d'horreur et appuie sur la gâchette.

Un pétard retentit, une fleur en papier jaillit du pistolet et s'épanouit autour du fût.

L'intrus presse l'interrupteur.

Joséphine, la fille d'Alex, en manteau, découvre la posture ridicule de Doris.

JOSÉPHINE
Que fais-tu ?

DORIS
Je monte la garde.

JOSÉPHINE *(se mordant les lèvres)*
Ah… il est sorti ?

DORIS
Hier.

JOSÉPHINE
Tu l'attends avec ça ?

DORIS
Je n'allais pas prendre un vrai, tout de même.

Elles écoutent les bravos qui enflent encore.

DORIS
Pourquoi n'es-tu pas là-bas ?

JOSÉPHINE
Je me suis fâchée avec papa. Notre dispute m'a rendue si malheureuse que je n'ai pas pu

rejoindre mon fauteuil. Et maintenant, je regrette d'avoir raté la représentation. *(Un temps.)* Tout à l'heure, j'ai découvert un père que je ne connaissais pas ; il ne m'avait jamais parlé aussi durement.

DORIS *(haussant les épaules)*
C'est le rôle.

JOSÉPHINE
Quoi ?

DORIS
Un comédien ne peut jouer un personnage que s'il le laisse entrer en lui, prendre ses aises, s'installer. Si Alex n'avait pas ouvert ses portes intérieures au Misanthrope, il ne serait pas monté en scène. Tout à l'heure, tu ne parlais pas à Alex, tu parlais à Alceste.

JOSÉPHINE
Effrayant…

DORIS
Professionnel ! Pourquoi l'acteur et l'actrice qui jouent une histoire d'amour finissent-ils toujours par se sucer la pomme ? Par goût de l'ouvrage

bien fait. Moi-même, je connais cela en tant qu'habilleuse : j'assortis mes sous-vêtements aux costumes de la pièce dont je m'occupe.

JOSÉPHINE
Ah oui ?

DORIS
Oh, je sais, ça n'intéresse personne mais, bon, j'ai ma conscience pour moi.

Au loin une porte s'ouvre, nous faisant saisir très clairement les dernières ovations, puis le hourra de la troupe.

Les comédiens, bruyants, reviennent vers les loges.

JOSÉPHINE
Je file... je... je ne suis pas encore prête à le voir.

Joséphine s'enfuit.
Doris remet le plaid sur le miroir.
Alex et Léda arrivent, joyeux, surexcités.
Alex prend aussitôt Doris dans ses bras.

ALEX

Quinze minutes d'applaudissements ! Si ce n'est pas un triomphe, ça...

DORIS

Bravo, monsieur.

LÉDA

Oh mon Dieu, quelle délectation... *(Elle s'effondre sur un siège.)* Moi qui n'avais interprété que du boulevard, je m'étonne : les pièces classiques, elles intimident lorsqu'on les lit, elles s'approfondissent quand on les répète, mais elles deviennent évidentes sitôt qu'on les joue. Je me sens moins fatiguée qu'à l'ordinaire.

ALEX

Il est plus facile de jouer un bon texte qu'un mauvais. Deux ou trois fois, ce soir, alors que je n'étais pas totalement présent à ce que je faisais, Molière demeurait là, lui, intense, intelligent, pertinent, et poursuivait le travail à ma place.

LÉDA

Venez, Doris, je vais vite me changer. Si les spectateurs me quittent en robe longue sur la scène et me rejoignent en tailleur dans ma loge, ils me trouvent encore meilleure actrice.

Escortée par Doris, elle envoie un baiser à Alex.

LÉDA

À tout de suite.

Doris la précède dans le couloir. Quand l'habilleuse s'est éloignée, Alex se précipite vers Léda, la rattrape et lui saisit le bras.

ALEX

Léda, je suis amoureux de vous.

Léda marque un temps.

LÉDA

Quittez la pièce. Vous n'êtes plus Alceste, je ne suis plus Célimène.

ALEX

Je ne confonds pas, Léda. Depuis deux mois, je ne rêve que…

Elle lui pose la main sur la bouche pour lui intimer le silence. Ses sourcils se froncent, son regard devient inamical.

LÉDA *(dure)*
Jamais, vous m'entendez : jamais !

Elle sort.
Alex demeure abattu.
Au même instant, l'Inconnu émerge du miroir, furieux, fulminant.

L'INCONNU DU MIROIR
Ah ! Scandaleux, abject, odieux, inacceptable !
Jamais rien enduré d'aussi insupportable !

ALEX
Quoi ? Vous me paraissez tout à fait survolté…

L'INCONNU DU MIROIR
Ah, ne me parlez pas.

ALEX
Mais…

L'INCONNU DU MIROIR
Plus de société.

ALEX
Qu'avez…

L'INCONNU DU MIROIR
Laissez-moi là.

ALEX
Si je…

L'INCONNU DU MIROIR
Point de langage.

ALEX
Mais quoi…

L'INCONNU DU MIROIR
Je n'entends rien.

ALEX
Mais…

L'INCONNU DU MIROIR
Encore !

ALEX
Quelle rage…

L'INCONNU DU MIROIR
Ah monsieur, voulez-vous que je vous parle net ?
De vos façons d'agir je suis mal satisfait.

À vous voir répéter depuis quelques semaines,
Multipliant sans fin vos tentatives vaines,
J'avais conclu très tôt que vous échoueriez,
Et qu'à me figurer vous renonceriez.
Dieu me damne, c'est trop... Morbleu, quelle débâcle !

ALEX

Vous n'avez pas aimé – dites-le – le spectacle ?

L'INCONNU DU MIROIR

Ah, je l'ai détesté ! Au fur et à mesure,
Mes poils se hérissaient devant cette fourbure,
Mes tempes s'échauffaient et mes jambes piaffaient,
Désireux de frapper mes poings se contractaient,
Fougueux et contrarié, tout mon sang dans mes veines
Bouillonnait de fureur. J'éprouvais tant de haine
Que cent fois j'ai voulu bondir sur le plateau
Pour vous rouer de coups, vous finir au marteau !
Bandit, coquin, fripon, perfide misérable !

ALEX

À ce point-là ?

L'INCONNU DU MIROIR

Bien plus ! Bourreau impitoyable,
Si vous m'aviez scié les os de l'avant-bras,

Oh j'aurais moins souffert qu'à ma place là-bas !

ALEX

Je m'en fous. Le public était d'un autre avis.

L'INCONNU DU MIROIR

Pas du tout. Le public partageait mon avis.

ALEX

Non.

L'INCONNU DU MIROIR

Si.

ALEX

Non.

L'INCONNU DU MIROIR

Enfin, regardez-moi ce drôle !

ALEX

Le public m'a trouvé convaincant dans le rôle.

L'INCONNU DU MIROIR

Mais moi aussi, tudieu ! Très très très convaincant !
Mon portrait tout craché ! Oh, c'était crucifiant…
Voilà pourquoi je viens, la rage sur les lèvres,
Plein d'une indignation plus vive que des fièvres,

Vous demander comment vous pouvez m'incarner,
M'exposer en entier sans me fractionner,
Vous, étranger, lointain cousin des antipodes ?
Moi-même j'ai gobé vos étranges méthodes.
Qui pourrait soupçonner ce talent de menteur ?

ALEX

Menteur ? Quelle idée sotte… Un comédien ne ment pas, il dévoile. Avec sincérité et soin, il laisse apparaître sur son visage, en son corps, ce qui appartient au personnage qu'il interprète.

L'INCONNU DU MIROIR

Telle celle d'un fou, votre âme est possédée ?

ALEX

Possédée, non, car cela supposerait mon retrait. Je ne m'évapore pas quand je vous joue : je demeure là, détaché, au-dessus, en contrôle.

L'INCONNU DU MIROIR

Que contrôlez-vous donc ?

ALEX

Je vérifie que vous apparaissez tandis que, moi, je disparais. Le comédien ne brille qu'au prix de son absence.

L'INCONNU DU MIROIR

J'avais l'illusion que vous étiez moi,
Qu'entre nous n'existait plus aucune paroi.

ALEX

Je vous portais en moi, monsieur le Misanthrope, comme l'un de mes possibles ; vous êtes le possible que je n'ai pas choisi. Comme vous, je connais la colère mais, au contraire de vous, je la repousse tant elle me semble infantile. Comme vous je ressens de l'indignation mais j'ai banni la posture suspecte de l'indigné car je n'ai rencontré que des indignés contre les autres, jamais un indigné contre lui-même. Comme vous, j'ai des poussées de pessimisme mais j'ai décidé de préférer l'optimisme, d'espérer en l'avenir plutôt que de le craindre, de cultiver la joie au lieu de la tristesse, de me réjouir de ce que j'ai, non de m'affliger de ce qui me manque. Comme tout humain, je suis plein d'autres caractères que le mien, gros des individus que j'aurais pu être si j'avais fait d'autres rencontres, élu d'autres valeurs, traversé une autre histoire. Vous êtes là, Alceste, en moi, auprès de Créon, d'Hamlet, du Cid, de Don Juan, de Figaro ou de l'Avare, un dans une multitude.

L'INCONNU DU MIROIR

Vous délirez !

ALEX

Il y a des milliers d'êtres en moi. Et ce que mes proches appellent Alex n'est que mon rôle habituel, un caractère que je privilégie, le costume dans lequel je traverse la vie.

L'INCONNU DU MIROIR

Prétendez-vous vraiment – Dieu quelle absurdité –
Porter au fond de vous des millions d'avortés ?

ALEX

Pas des millions de morts, non, des millions de vivants, des millions de frères virtuels à qui, grâce à mon art, je vais donner le jour.

L'INCONNU DU MIROIR

Mais je ne sens en moi, monsieur le caqueteur,
Que moi. Oui moi. Moi seul. Et ni frère ni sœur.

ALEX

L'âme est une boîte de peintre, monsieur, qui possède toutes les couleurs, renferme l'arc-en-ciel, contient d'infinies nuances ; chacun de nous, au gré des circonstances, va en élire certaines, définir sa gamme, créer son chromatisme. Vous, vous ne voulez qu'une seule couleur et moi je les veux toutes. Vous êtes l'intégriste, moi le libertin. Vous, vous choisissez le noir bileux, vous vous y complaisez, vous vous y enfermez : pour cette raison, aux yeux du monde, vous constituez un personnage. Moi, je me risque aux teintes les plus étranges, je me barbouille, me démaquille, me rebarbouille et recommence : pour cette raison, je ne forme pas un personnage, mais mille.

L'INCONNU DU MIROIR

Vous êtes un acteur, tout simplement, je pense…

ALEX

Non, pas acteur : fraternel. J'ai besoin de sentir ma proximité avec des êtres lointains ; j'ai besoin d'abolir la distance entre quiconque et moi.

Une voix les interrompt, imitant des frappements à la porte :

LA VOIX

Toc toc toc !

ALEX

Qui est-ce ?

LA VOIX

C'est moi.

ALEX

Qui est assez prétentieux pour dire « C'est moi » sans douter une seconde qu'on le reconnaisse ?

Alex et l'Inconnu se regardent et prononcent ensemble :

L'INCONNU DU MIROIR / ALEX

Odon Fritz !

L'Inconnu a un haut-le-corps.

L'INCONNU DU MIROIR

N'ouvrez pas ! Entendre ce crétin
Achèvera de me retourner l'intestin !

Odon Fritz pousse la porte et apparaît, sûr de lui.

ODON FRITZ *(péremptoire)*
Non, je suis désolé, c'est impossible, je ne marche pas.

ALEX
Pardon ?

ODON FRITZ
Quelle soirée épouvantable ! J'étais mal assis, j'avais à ma droite un explorateur de narines, à ma gauche une hystérique qui vagissait de bonheur dès que vous apparaissiez. En plus, j'abomine cette pièce, je déteste la mise en scène et le décor m'a donné la nausée. Quant à ces pitres qui parlent, qui parlent, qui parlent… Pour dire quoi, d'ailleurs ?

ALEX
Des vers de Molière.

ODON FRITZ
Oh, très surfait, Molière, très ! Pourquoi remue-t-on encore les cendres de cette vieille baderne ? Qu'on donne son nom à des rues ou à des lycées, ça suffit. Place aux jeunes ! Quel ennui…

ALEX
Et nous ?

ODON FRITZ
Qui nous ?

ALEX
Les acteurs ?

ODON FRITZ
Je présume que vous vous êtes défoncés mais, avec un texte pareil, la partie était perdue d'avance. De ce point de vue-là, j'applaudis à votre sens de la lutte, le vôtre personnellement, j'en ai même goûté chaque instant.

L'INCONNU DU MIROIR
Oh le fieffé menteur, il dormait tout le temps.

ALEX *(entre ses dents)*
Comment le savez-vous ?

L'INCONNU DU MIROIR
À l'acte deux j'étais logé dans ses lunettes.
Il entreprit alors une sieste complète
Dont il ne s'extirpa que pour un peu bâiller,
Soupirer, maugréer puis vite replonger.

ODON FRITZ
À part ça, naturellement : bravo !

ALEX *(estomaqué par cette phrase)*
« À part ça, naturellement : bravo. »

ODON FRITZ
J'espère pour vous que le public aimera… *(Sceptique.)* On ne sait jamais… Tout arrive…

ALEX
Quoi ? Vous ne l'avez pas entendu ?

ODON FRITZ *(sans écouter)*
Franchement, il serait temps que vous jouiez quelque chose de moderne, d'abracadabrant, de couillu.

ALEX
Comme… *Combien de fois je me suis astiqué le pénis dans les toilettes pendant que mes parents s'engueulaient* ?

ODON FRITZ *(pouffant)*
Ah quel titre ! Génial… Je ne m'en lasse pas. Vous le dites à ravir ! Recommencez pour voir.

L'INCONNU DU MIROIR
Si vous voulez, je fais tomber sur lui le lustre.

J'ai eu, à l'Opéra, un collègue lacustre
Qui m'a appris comment réussir cet exploit.

ALEX *(surjouant)*
Combien de fois je me suis astiqué le pénis dans les toilettes pendant que mes parents s'engueulaient.

ODON FRITZ
J'adore ! C'est encore mieux la deuxième fois.

ALEX *(les dents serrées)*
D'où l'intérêt de répéter.

L'INCONNU DU MIROIR
Demandez-lui comme il a trouvé Léda.

ALEX
Et Léda ?

ODON FRITZ *(troublé)*
Qui ?

ALEX
Léda Marelli.

ODON FRITZ
Je ne vois pas…

ALEX
La comédienne qui joue Célimène.

ODON FRITZ
Ah, elle…

ALEX
Comment l'avez-vous trouvée ?

ODON FRITZ *(de mauvaise grâce)*
Très belle, je suppose.

ALEX
Quelle imagination… Et en tant qu'actrice ?

ODON FRITZ *(tentant de dissimuler son embarras)*
Et tant qu'actrice… comment dirais-je…

L'INCONNU DU MIROIR
Regardez-le, il cherche à savoir votre avis…

ALEX
Correcte ?

ODON
Correcte.

ALEX *(avec un clin d'œil)*
Pas plus, n'est-ce pas ?

ODON *(du bout des lèvres)*
Non, pas plus.

Odon rit pour créer une connivence entre eux. Alex rit de concert – ce qui encourage Odon – puis cesse – ce qui glace Odon.

ALEX
Merci d'être venu me dire tant de choses gentilles.

Alex attrape l'auteur par le bras et le remorque jusqu'à la porte.

ODON FRITZ
Alors, et ma pièce ? Quand nous voyons-nous pour en discuter ? Je vous ai laissé mon téléphone sur la brochure, vous l'avez toujours ?

ALEX
Oui.

Le comédien pousse l'auteur dans le couloir.

ALEX
À très vite.

ODON FRITZ
À très vite.

Au moment de disparaître, Odon Fritz se retourne et redit ce qu'il croit utile :

ODON FRITZ
Et puis naturellement bravo.

ALEX
Naturellement.

Odon Fritz s'éloigne.

Alex ferme la porte et se retourne, soupçonneux, songeur, avant de s'exclamer :

ALEX
Il veut coucher avec elle !

L'INCONNU DU MIROIR
Ah oui ?

ALEX
Il veut coucher avec elle, je le sens.

L'INCONNU DU MIROIR
Vous vous trompez.

ALEX
Qu'en savez-vous ?

L'INCONNU DU MIROIR
Non, il ne le veut pas puisque c'est déjà fait.

ALEX
Quoi ?

L'INCONNU DU MIROIR
D'abord des baisers dans votre cabinet,
Puis la suite logique à celui de Léda.

ALEX
Quand ?

L'INCONNU DU MIROIR
Ce soir justement, durant le premier acte.

ALEX
Alors que je jouais ?

L'INCONNU DU MIROIR
Oui, à cette heure exacte.

ALEX

Pendant mes scènes… pendant que je chauffais la salle pour elle… C'est humiliant : moi qui étais persuadé que Léda me regardait depuis les coulisses.

L'INCONNU DU MIROIR

Dieu ! Laissez-moi poser quelques points sur les i :
Le cabot est vexé, pas l'amoureux transi !

ALEX *(réfléchissant)*

Odon Fritz… quel étrange choix… Odon Fritz… non vraiment, elle a un drôle de goût.

L'INCONNU DU MIROIR

C'est tout ce que l'affront provoque de colère ?
Mais un sang de navet irrigue vos artères !

ALEX *(réfléchissant toujours)*

Je me demande bien comment je pourrais lutter contre Odon Fritz. Nous ne courons pas dans la même catégorie.

L'INCONNU DU MIROIR

Dans la catégorie des crétins prétentieux ?

ALEX

C'est vous qui l'avez dit.

L'INCONNU DU MIROIR

Éloignez-vous donc d'elle.
La donzelle n'a rien, rien du tout, de l'agnelle
Que vous croyez qu'elle est.

ALEX

Je n'ai pas d'illusions.

L'INCONNU DU MIROIR

La vertu lui manque.

ALEX

Je n'ai jamais cru Léda vertueuse. La pudeur, la retenue, la fidélité à son mari, ce sont des charmes qu'elle s'ajoute, telle une voilette qui cacherait son visage pour le rendre davantage attirant. Quoique personne n'ait prouvé quoi que ce soit, on lui a déjà prêté plusieurs amants.

L'INCONNU DU MIROIR

Enfin, sachant cela, nous n'alliez quand même
Pas prétendre ignorer cet épineux problème.

ALEX

Quel problème ?

L'INCONNU DU MIROIR

Ses amants. Passer après eux…

ALEX

Avec plaisir.

L'INCONNU DU MIROIR

Pardon ?

ALEX

Avec joie !

L'INCONNU DU MIROIR

Scandaleux !

ALEX

Quoi donc me retiendrait ?

L'INCONNU DU MIROIR

Mais c'est une traînée !

ALEX

N'exagérez pas. Léda est une femme qui voyage, qui s'intéresse aux autres, qui a affiné son esprit en opérant des comparaisons. Une adulte expérimentée.

L'INCONNU DU MIROIR

Savoir qu'en aucun cas on sera le premier…

ALEX

Briseur de vierges ? Je ne vois pas mon rôle d'homme ainsi. Ni assez brute, ni assez égoïste pour ça.

L'INCONNU DU MIROIR

Savoir qu'en aucun cas on sera le dernier...

ALEX

Quelle prétention, l'ami ! Le dernier... Vous vous croyez vraiment l'homme définitif, l'Attila des amants, celui après lequel il n'y a plus que cendres et herbe coupée ? Je plains Célimène...

L'Inconnu du miroir se jette sur Alex pour lui saisir le cou.

Le combat s'engage mais l'Inconnu, fortifié par sa rage, l'emporte et met Alex à terre. Il commence à l'étrangler.

À cet instant, Doris passe dans le couloir.

DORIS *(off)*

Raspoutine ? Raspoutine ?

Cet appel permet à l'Inconnu de se rendre compte de sa violence. Juste avant qu'Alex ne perde connaissance, il retire ses mains, rejette Alex et recule.

L'INCONNU DU MIROIR

Je vous laisse la vie. Mourir dans votre loge,
Un soir comme aujourd'hui, vous vaudrait trop d'éloges.
Cessez de plastronner, monsieur le petit bras,
Car la libre Léda de vous ne voulait pas.

Alex se frotte le cou en reprenant son souffle.

ALEX

C'est vrai.

On frappe.

LÉDA *(off)*

Alex, je peux entrer ?

Alex se relève et défroisse ses vêtements.

ALEX
Bien sûr.

Léda surgit, en tailleur de ville, extatique.

LÉDA
Oh, Alex, regardez-moi : ai-je l'air plate ?

ALEX
Plate... Ce n'est pas le mot qui vient en vous voyant.

LÉDA
Pourtant le Tout-Paris défile dans ma loge pour m'assommer de louanges : je devrais être écrasée sous les félicitations.

ALEX
Le Tout-Paris ? Mais personne n'est venu me voir.

Elle éclate de rire.

LÉDA
Je leur ai dit que vous détestiez recevoir après une représentation.

ALEX
Méchante...

LÉDA
Je me vengeais.

ALEX
De quoi ?

LÉDA *(avec un sourire)*
J'ai oublié.

Léda se précipite vers Alex et se pend à son cou.

LÉDA
Alex, merci de m'avoir permis de vivre cette soirée. Merci de m'avoir choisie. Merci d'avoir été un tel partenaire. Merci pour tout... tout... tout...

Alex jubile de la tenir ainsi dans ses bras.
L'Inconnu ne peut s'empêcher d'être touché par elle.

L'INCONNU DU MIROIR
J'ai beau voir ses défauts et j'ai beau l'en blâmer
Toute rusée qu'elle est, elle se fait aimer.

LÉDA

Alex, cette entente que nous avons vécue sur scène… c'était… si fort… si harmonieux… mieux que d'avoir fait l'amour…

ALEX

Ah non !

LÉDA

Non ?

ALEX

Non. Ou, pour en être certain, il faudrait essayer.

Elle le regarde intensément.

LÉDA

Pourquoi pas ?

ALEX *(bouleversé)*

Ai-je bien entendu ?

LÉDA *(répétant les mots avec les lèvres, sans aucun son)*

Pourquoi pas ?

ALEX

Enfin… Quand ?

LÉDA

Quel pragmatisme désolant ! On dirait que vous sortez votre agenda.

ALEX

En disant « quand », je voulais dire : « ce soir ? »…

LÉDA

Malheureux, mon mari m'attend avec mes enfants et notre famille au complet, frères, sœurs, beaux-frères, belles-sœurs, cousins, oncles, grand-tantes. Mon souper va s'apparenter à un déjeuner de première communion.

ALEX

Alors ?

LÉDA

Alors nous en parlerons demain puisque désormais, grâce à ce succès, nous allons nous retrouver tous les jours pendant des mois.

Elle s'échappe de ses bras, souple, agile.

LÉDA

Au fait, Alex, vous ne me déplaisez pas.

ALEX
C'est une déclaration ?

LÉDA
Et je ne vous déteste pas.

ALEX
C'est une déclaration !

LÉDA
À très vite…

Elle s'éclipse.

Alex exulte, dansant autour de l'Inconnu qui, lui, pensif, se frotte le front.

L'INCONNU DU MIROIR
Le sot galimatias ! Que met-elle dessous ?

ALEX
Quoi ?

L'INCONNU DU MIROIR
Sous ce qu'elle dit ?

ALEX

Ce que vous comprenez. Si Léda ne dit pas tout ce qu'elle pense, elle pense tout ce qu'elle dit.

L'INCONNU DU MIROIR

Blanc, noir, tantôt le chaud, tantôt le froid, foutaise !
À minuit et un quart, madame a son malaise,
À minuit et deux quarts, madame s'offre au bouc !

ALEX *(radieux)*

Souvent femme varie !

L'INCONNU DU MIROIR *(du tac au tac)*

Bien con est qui s'y fie.

Tandis qu'Alex se remet en tenue de ville, l'Inconnu du miroir l'apostrophe, fébrile.

L'INCONNU DU MIROIR

Malgré tous les désirs et envies qui vous rongent,
Renoncez, mon ami. Léda dit des mensonges
Car d'un instant à l'autre elle se contredit.

ALEX

Elle dit la vérité si d'un instant à l'autre elle se contredit. Où avez-vous pêché l'idée que nous étions intangibles, inaltérables, sans variations, sans histoires ? Pourquoi le vent soufflerait, le ciel se modifierait, l'eau coulerait, les saisons passeraient, et nous, nous ne changerions pas ? Comment serions-nous seuls permanents dans un univers impermanent ?

L'INCONNU DU MIROIR
Trop de raisonnements détruit le jugement.

ALEX
À chaque fois, Léda croit ce qu'elle énonce. Elle collectionne les sincérités successives. Chaque parole n'a d'existence qu'à la seconde.

L'INCONNU DU MIROIR
Oui mais à l'arrivée...

ALEX
Il n'y a pas d'arrivée. Il n'y a que l'instant présent.

Il affronte l'Inconnu.

ALEX
Alceste, je voudrais vous poser trois questions qui, pour vous, constitueront sans doute trois coups.

L'INCONNU DU MIROIR
Allez-y.

ALEX
Pour être aimé, il faut plaire. Mais plaît-on par ses vertus ?

L'Inconnu baisse la tête, vaincu.

L'INCONNU DU MIROIR
Touché.

ALEX *(doux)*
Peut-on haïr sans se montrer haïssable ?

L'INCONNU DU MIROIR *(douloureux)*
Touché encor.

ALEX
Pour avoir le droit de se montrer misanthrope, ne faudrait-il pas être meilleur que les autres, un héros ou un génie ?

L'INCONNU DU MIROIR
Et voilà : je suis mort.

À cet instant, Joséphine entrouvre la porte.

JOSÉPHINE
Papa ?

ALEX
Ma chérie…

JOSÉPHINE
Tu es seul ?

ALEX
Oui.

Elle entre dans la pièce.

JOSÉPHINE
Personne n'est venu t'embêter ? Personne ne s'est caché ?

Elle furète autour d'elle, vérifiant qu'aucun homme ne se dissimule dans la loge. L'Inconnu du miroir, invisible pour elle, à chaque fois s'écarte pour la laisser passer.

ALEX
Qui cherches-tu ?

JOSÉPHINE

Ça n'a pas d'importance. *(Après vérification.)* Ouf, c'est bon.

Rassurée, elle prend une liasse de billets dans la poche de son manteau et la tend à son père.

JOSÉPHINE

Je n'ai pas vu le spectacle car j'avais trop de peine. Mais à l'entracte, j'ai expliqué à Toto qu'à cause de mon geste, nous nous étions brouillés, toi et moi. Il s'est senti si gêné qu'il m'a redonné la somme. Il ira demain chez son grand-père pour lui demander son aide.

ALEX *(abasourdi)*

Il te l'a rendue ?

JOSÉPHINE

Oui.

ALEX

La somme exacte ?

JOSÉPHINE

Comme je savais que tu dirais ça, j'ai compté.

ALEX

Alors… alors Toto est quelqu'un de bien ?

JOSÉPHINE

C'est ce que je t'ai toujours dit. Tu ne m'écoutes pas.

Alex se précipite vers elle et l'embrasse tendrement. Elle se laisse faire, heureuse de se réconcilier avec son père vénéré.

Il la presse contre elle.

ALEX

Pardon, Joséphine, pardon.

L'INCONNU DU MIROIR

Je ne suis pas d'accord ! Vous voilà à nier
Le seul trait de bon sens que vous ayez lâché !

Joséphine se dégage gentiment et fixe son père dans les yeux.

JOSÉPHINE

Pourquoi m'interdis-tu de faire ce que, toi, tu t'autorises ?

ALEX
Ton avenir me préoccupe. J'en ai peur.

JOSÉPHINE
Mais moi, je n'en ai pas peur. Et le tien ?

ALEX
Quoi le mien ?

JOSÉPHINE
Ton avenir à toi ?

ALEX
Mon avenir ? De nouveaux rôles, de nourrissantes rencontres, plus quelques histoires d'amour encore, j'espère.

JOSÉPHINE
Pourquoi ton avenir serait-il perspective de jouissances et le mien source d'angoisse ?

Alex est arrêté net par cette réflexion.

JOSÉPHINE *(implacable)*
D'autant que mon avenir est plus long que le tien.

Alex abandonne la partie.

ALEX

Pardonne-moi, ma chérie, pour tout à l'heure… Le trac.

JOSÉPHINE

Le trac ? Plutôt une répétition pour te mettre en jambes. Tu avais l'air si bête que j'avais l'impression que tu me jouais déjà *Le Misanthrope*.

L'Inconnu du miroir a un haut-le-corps, choqué.

L'INCONNU DU MIROIR

Pardon ?

ALEX

Allons souper ensemble, Joséphine

JOSÉPHINE

Avec plaisir. Je file vite prévenir mes amis que je ne les accompagne pas.

ALEX

Avec qui étais-tu venue ?

JOSÉPHINE

Avec Toto, Fred, Cath, Gwen, J.P. et Pam.

ALEX *(d'une voix blanche)*
Embrasse Toto pour moi.

L'INCONNU DU MIROIR *(navré)*
« Embrasse Toto pour moi… »

Elle éclate de rire puis, au moment de passer le seuil, cesse et prend un air grave.

JOSÉPHINE
Verrouille ta porte, papa. Et n'ouvre qu'à Doris.

ALEX
Que dis-tu ?

JOSÉPHINE
Fais-moi confiance pour une fois, obéis sans comprendre : verrouille ta porte et n'ouvre qu'à Doris.

En sortant, elle voit Doris qui arrive en trombe.

JOSÉPHINE
Elle t'expliquera.

Joséphine part en croisant Doris.

Surexcitée, Doris débarque dans la loge. Elle s'arrête devant Alex et ouvre les bras.

DORIS

Épousez-moi !

ALEX

Pardon ?

DORIS

Tant pis pour les ragots, j'ai bien réfléchi, je suis d'accord, allons-y !

ALEX

Que se passe-t-il ?

DORIS

Nous allons crever bientôt, vous et moi. Enfin, surtout vous. En tout cas, vous d'abord, ça, c'est planifié.

ALEX

Je ne comprends pas.

DORIS

Il ne nous reste que quelques minutes, peut-être quelques heures, au mieux quelques jours.

ALEX

Doris !

DORIS

Alors, vivons, Alex, vivons intensément : la fin approche. *(Tapant du pied.)* Enfin, cela doit exister, des gens qui se sont mariés parce qu'ils savaient qu'ils allaient mourir !

ALEX

Adolf Hitler. Dans son bunker assiégé par les Russes, il a épousé Eva Braun vingt-quatre heures avant de se suicider. Marié pour un jour. *(Pour lui-même :)* Le seul homme, selon moi, qui ait tout compris du mariage...

DORIS

Alors je serai votre Eva Braun, vous serez mon Hitler.

ALEX

Holà, quel romantisme ! Doris, que se passe-t-il ?

LÉDA *(off)*

Doris ! Doris ! Venez immédiatement. J'ai besoin de vous, Doris.

Doris signale qu'elle revient et quitte la pièce en courant.

L'INCONNU DU MIROIR
La pauvre femme n'est bonne qu'à enfermer.

ALEX *(inquiet)*
Je me demande ce qui s'est passé !

L'INCONNU DU MIROIR
Voilà à quoi conduit une vie de faiblesse :
Vous récoltez les fruits de votre gentillesse.
Léda, Odon, Doris, la traînée, le péteux
Et la folle à lier, ces trois êtres piteux,
Vous n'allez pas, monsieur, tenter de me convaincre
Que vous les adorez ?

ALEX
Mais si ! Je les apprécie chacun à leur façon.

L'INCONNU DU MIROIR
Odon Fritz ?

ALEX
Son ignorance me déride, son culot me bouleverse, chacune de ses répliques me procure un vrai régal. Un clown pareil, je l'aime.

L'INCONNU DU MIROIR

Vous n'aimez pas Odon, vous aimez vous moquer.

ALEX

Il y a des gens qu'on ne peut aimer qu'en s'en moquant. Mes contemporains, je leur souhaite de progresser, certes, mais je ne veux pas les aimer moins sous prétexte que je les aimerais davantage améliorés.

L'INCONNU DU MIROIR

Vous blasphémez, monsieur, par vos propos nuisibles.
Pourquoi Dieu nous aurait rendus tous perfectibles ?

ALEX

Perfectibles peut-être, parfaits sûrement pas. Tolérez l'imperfection, acceptez la déception, supportez l'à-peu-près, habituez-vous à la frustration, sinon au lieu de prospérer parmi eux, vous continuerez à fuir les humains dans le désert. Votre obsession correctrice vous porte à la violence, Alceste, à la terreur. Arrêtez de réformer le genre humain, cessez de ne voir en chacun que ce qui lui manque, prisez-le tel qu'il est.

L'INCONNU DU MIROIR
Impossible, je ne désarmerai jamais.

ALEX
J'aime sans illusion, vous détestez avec espoir.

On frappe à la porte.

DORIS *(off)*
C'est moi.

ALEX
Entrez, Eva Braun.

Doris pénètre dans la pièce.

ALEX
Maintenant, expliquez-moi clairement ce qui se passe.

Doris s'immobilise et fixe ses pieds.

DORIS
Mon fils est sorti de prison.

ALEX *(comprenant aussitôt)*
Raspoutine…

DORIS
Et comme depuis toujours vous vous êtes montré gentil avec lui, il vous déteste.

L'INCONNU DU MIROIR
Vous voyez les méfaits de trop de bienveillance !

DORIS
Et comme, depuis toujours, vous êtes plein d'attentions pour moi, il s'est persuadé que nous avions une liaison.

L'INCONNU DU MIROIR
Voilà le prix exact de toutes vos outrances !

ALEX
Une liaison, nous deux ? Mais c'est absurde !

DORIS
Ah bon ?

ALEX
Je veux dire : ce n'est pas vrai.

DORIS

Ben oui, mais ça, il ne le sait pas.

ALEX

Comment peut-il le croire ?

DORIS

Raspoutine a la tête dure.

ALEX

Enfin, vous avez démenti !

Doris baisse le front en se taisant.

ALEX

Non ?

DORIS

Je suis une femme seule, monsieur, alors un doigt de chiennerie, je ne le repousserai pas. Surtout avec vous. Par l'imagination, on s'autorise parfois les choses que… *(Avec consternation :)* Le cactus, c'est lui ! Les cercueils, c'est lui ! La liste de quatre noms, c'est lui ! Les trois noms barrés – Jean, Denis, Maurice – évoquaient mes amants précédents. Tous morts.

ALEX

Il les a tués ?

DORIS

On n'a pas enquêté ; à l'époque, Raspoutine était si jeune. Mais lui, il est convaincu de les avoir supprimés tant il souhaitait qu'ils crèvent. *(Frissonnant.)* Je vais jeter quelques vêtements dans une valise et je reviens.

Elle sort, survoltée.
L'Inconnu du miroir s'esclaffe.

L'INCONNU DU MIROIR

Voici avec vigueur la preuve éblouissante
Que l'excès d'affection conduit à l'épouvante.
On devrait se borner à n'apprécier vraiment
Que les têtes cerclées d'un mérite patent.
Loin de favoriser l'indigne Raspoutine,
D'encourager le cœur de Doris-Agrippine,
Vous auriez dû restreindre à un juste pourtour
Les terres envahies par votre fol amour.

ALEX

Ah, ça suffit ! Écoutez-vous donc : « Je t'aime, ma fille, à condition que tu sois économe. Je t'aime,

Léa, à condition que tu n'aies jamais regardé un homme. Je t'aime Doris à condition que tu sois une autre. Je t'aime si tu cesses d'être toi. » Chez vous, l'amour n'existe que précédé du chantage. À croire que vous, vous n'aimerez qu'après ultimatum et reddition. Pas surprenant que ça ne marche pas.

L'INCONNU DU MIROIR

Mieux vaut ne pas aimer qu'aimer mal à tout prix.

ALEX

Je vous plains.

L'INCONNU DU MIROIR *(choqué)*

S'il vous plaît ?

ALEX

Vous espériez beaucoup, vous rêviez énormément, vous tombez de très haut : votre cul est bien plus douloureux que le mien. Normal que vous ayez envie de mordre.

L'INCONNU DU MIROIR

Je vous quitte, monsieur.

ALEX

Quelle est la conséquence logique de votre misanthropie ? Le carnage ?

L'INCONNU DU MIROIR

Les tables de la loi, je ne saurai trahir.
Plutôt que de tuer, monsieur, mieux vaut haïr.

ALEX

Je ne vois pas ce que la haine a de chrétien, mais passons ! À quoi conduit votre haine de l'humain ? Au suicide ?

L'INCONNU DU MIROIR

Les principes, monsieur ! Dieu m'a prêté la vie,
Qui ne m'appartient pas. Et avec minutie,
Je la conserverai pour neuve la lui rendre
Quand lui viendra l'envie un jour de me la prendre.

ALEX

D'accord, vous ne faites que consigne… Où mène votre misanthropie ?

L'INCONNU DU MIROIR *(sincère et douloureux)*

Rien qu'à la solitude.

ALEX

À quoi bon ?

L'INCONNU DU MIROIR

Oh, ce n'est pas un choix, c'est une conséquence.

ALEX

Vous ne la supportez pas, votre solitude, vous la fuyez à chaque instant en guettant les occasions de sortir du miroir. Vous détestez les hommes mais vous ne pouvez vous passer d'eux. Ou de les détester.

Doris revient sans sa valise, plus calme qu'auparavant.

DORIS

On vient de m'appeler : on a arrêté Raspoutine en état d'ivresse sur le chemin du théâtre ; comme il ne voulait pas suivre les policiers, il s'est débattu, en a frappé certains, a démoli trois vitrines et volé une voiture. Bref, il retourne sous les verrous pour un certain temps.

ALEX

Doit-on s'en réjouir ou s'en désoler, Doris ?

Elle hausse les épaules.

DORIS

Je n'ai jamais su comment être la bonne mère d'un monstre.

L'INCONNU DU MIROIR
Veuillez me pardonner ma remarque féroce :
Le cas n'est pas fini, vous oubliez la noce.

ALEX
Quant à ce projet de mariage, Doris…

DORIS
Stop ! Si je n'ai pas le couteau sous la gorge, excusez-moi, je préfère garder ma vie de jeune fille.

L'INCONNU DU MIROIR
Elle est invraisemblable !

DORIS
Franchement, même si ça pouvait être alléchant que vous deveniez mon Hitler et que je devienne votre Eva Braun, je me sens encore un tantinet verte pour le mariage… Même le père de Raspoutine, je ne l'avais pas épousé… Je file au commissariat.

ALEX *(avec douceur)*
À demain…

Elle court déjà.

DORIS
À demain, monsieur. Vous n'êtes pas trop déçu ?

Alex sourit. Elle quitte les lieux.

ALEX
Cocasse, non ?

L'INCONNU DU MIROIR
Je hais la comédie ! Je vais rentrer chez moi.

Il se dirige vers le miroir.

ALEX
Le monde est un théâtre, Alceste, or vous refusez de monter sur la scène. Vous vous tenez à distance des humains pour les analyser, les critiquer en marmonnant qu'ils devraient mieux faire. Mais vous, Alceste ? Soyez acteur, pas spectateur. Ne restez pas derrière le miroir. Prenez le risque de vivre. Reviendrez-vous ?

L'INCONNU DU MIROIR
Sûrement pas.

ALEX

Allons, vous vous déboutonnerez un peu. Car non seulement le monde est un théâtre mais nous y tenons plusieurs rôles.

L'INCONNU DU MIROIR

Je n'en ai qu'un, celui du Misanthrope.

ALEX

Pas le nom d'un personnage, plutôt le nom d'une maladie.

L'INCONNU DU MIROIR

La maladie de ceux qui exigent d'autrui.
C'est mon mal. Adieu.

ALEX

Admettez votre complexité, Alceste, et vos contradictions. Soyez brutal, soyez fou, soyez enfantin. Ne vous simplifiez pas.

L'INCONNU DU MIROIR

Adieu.

ALEX

Ne soyez pas plus sage qu'il ne faut.

L'INCONNU DU MIROIR

Et sage, palsambleu, croyez-vous que vous l'êtes,
Vous dont l'affection ne choisit pas les têtes ?

ALEX

Vous avez raison : sages, ni vous ni moi le sommes. Alors revenez demain : vous fulminerez pendant que moi j'exulterai. À nous deux, nous constituerons peut-être un homme correct…

L'INCONNU DU MIROIR

Cela n'existe pas.

ALEX

C'est pour cela qu'il faut être plusieurs !

Alex sourit.

L'Inconnu hausse les épaules, soulève le plaid et rentre dans le miroir.

À cet instant, Joséphine bondit dans la pièce, véritable boule d'énergie

Alex se retourne.

JOSÉPHINE

Mes amis t'ont trouvé génial ce soir ! Je suis très fière de toi.

Alex la rejoint et l'embrasse.

ALEX
Partons souper, ma chérie, tu développeras leurs compliments pendant le repas.

Il éteint la lumière puis ils sortent.
À cet instant, on entend crier dans le couloir :

LÉDA *(off)*
Napoléon ! Staline !

Léda trottine dans le couloir, s'arrête devant la loge, jette un œil au sol.

LÉDA
Napoléon ! Staline ! Où êtes-vous, petits monstres ? Vous ne supportez pas que maman ait du succès…

En furetant, elle s'approche du miroir et se plante devant lui.

LÉDA
Pourquoi Alex pose-t-il ce tissu là ? On n'a pas le droit de mettre les miroirs en deuil.

Alors qu'elle s'apprête à soulever le plaid, une main d'homme surgit, attrape Léda et la tire à l'intérieur du miroir.

LÉDA

Au secours ! Ah…

Elle disparaît. Plus un bruit.

Deux secondes après, Joséphine et Alex reviennent dans la loge.

Joséphine désigne un foulard sur une chaise.

JOSÉPHINE

Tu vois ? C'est ça : j'avais laissé mon foulard là.

Pressée, en passant près du miroir, elle arrache le plaid mais elle n'y prête pas attention, occupée à nouer son fichu autour de son cou.

Dans le cadre, nous découvrons l'Inconnu jeté aux pieds de Léda qu'il courtise. Agenouillé, il chante en s'accompagnant à la guitare :

L'INCONNU DU MIROIR

Si le roi m'avait donné
Paris, sa grand ville…

LÉDA *(émoustillée)*
Vous connaissez le roi, vraiment ?

Resté sur le pas de la porte, Alex contemple sa fille avec tendresse. Elle sourit devant le regard paternel.

JOSÉPHINE
Papa, à la fin de la pièce, ton Misanthrope part se retirer dans le désert. Est-ce que Célimène le suit ?

ALEX
Non.

JOSÉPHINE
Et s'il la forçait ?

ALEX
Il n'est pas un homme comme ça.

JOSÉPHINE
Ou s'il rusait pour l'emmener ?

ALEX
Il n'est pas un homme comme ça…

Dans le miroir, l'Inconnu continue à séduire Léda.

L'INCONNU DU MIROIR

Et qu'il me fallût quitter
L'amour de ma mie,
Je dirais au roi Henri…

LÉDA

Henri ? Henri combien ? Je ne suis pas douée en arithmétique royale…

L'INCONNU DU MIROIR

Reprenez votre Paris,
J'aime mieux ma mie, ô gué !
J'aime mieux ma mie.

Joséphine insiste en rejoignant Alex à la porte.

JOSÉPHINE

Comment peux-tu en être si sûr ? Il n'est pas aussi simple qu'on le croit. Tu prétends que nous sommes tous contradictoires. Et n'oublie pas qu'il est fou de Célimène. Parfois l'amour fait faire des choses !

ALEX

Tu as raison. Parfois l'amour…

Il embrasse sa fille sur le front puis ils partent.

Pendant ce temps-là, dans le miroir, l'Inconnu approche ses lèvres de la bouche de Léda.

Elle hurle.

Noir.

Un homme trop facile a été créé au théâtre de la Gaîté-Montparnasse le 12 janvier 2013. Mise en scène de Christophe Lidon, décors de Catherine Bluwal, lumières Marie-Hélène Pinon, costumes Claire Belloc, son Michel Winogradoff, assistante à la mise en scène Natacha Garange, avec Roland Giraud, Jérôme Anger, Julie Debazac, Sylvain Katan, Marie-Christine Danède, Ingrid Donnadieu.

DU MÊME AUTEUR

Aux Éditions Albin Michel

Romans

LA SECTE DES ÉGOÏSTES, 1994.
L'ÉVANGILE SELON PILATE, 2000, 2005.
LA PART DE L'AUTRE, 2001.
LORSQUE J'ÉTAIS UNE ŒUVRE D'ART, 2002.
ULYSSE FROM BAGDAD, 2008.
LA FEMME AU MIROIR, 2011.

Nouvelles

ODETTE TOULEMONDE ET AUTRES HISTOIRES, 2006.
LA RÊVEUSE D'OSTENDE, 2007.
CONCERTO À LA MÉMOIRE D'UN ANGE, Goncourt de la nouvelle, 2010.
LES DEUX MESSIEURS DE BRUXELLES, 2012.

Le cycle de l'invisible

MILAREPA, 1997.
MONSIEUR IBRAHIM ET LES FLEURS DU CORAN, 2001.

OSCAR ET LA DAME ROSE, 2002.
L'ENFANT DE NOÉ, 2004.
LE SUMO QUI NE POUVAIT PAS GROSSIR, 2009.
LES DIX ENFANTS QUE MADAME MING N'A JAMAIS EUS, 2012.

Essai

DIDEROT OU LA PHILOSOPHIE DE LA SÉDUCTION, 1997.
MA VIE AVEC MOZART, 2005.
QUAND JE PENSE QUE BEETHOVEN EST MORT ALORS QUE TANT DE CRÉTINS VIVENT, 2010.

Théâtre

Le Grand Prix du Théâtre de l'Académie française a été décerné à Éric-Emmanuel Schmitt pour l'ensemble de son œuvre

LA NUIT DE VALOGNES, 1991.
LE VISITEUR (Molière du meilleur auteur), 1993.
GOLDEN JOE, 1995.
VARIATIONS ÉNIGMATIQUES, 1996.
LE LIBERTIN, 1997.
FREDERICK OU LE BOULEVARD DU CRIME, 1998.
HÔTEL DES DEUX MONDES, 1999.

PETITS CRIMES CONJUGAUX, 2003.
MES ÉVANGILES (*La Nuit des Oliviers*, *L'Évangile selon Pilate*), 2004.
LA TECTONIQUE DES SENTIMENTS, 2008.

Site Internet : eric-emmanuel-schmitt.com

Composition IGS-CP
Impression CPI Bussière en janvier 2013
à Saint-Amand-Montrond (Cher)
Éditions Albin Michel
22, rue Huyghens, 75014 Paris
www.albin-michel.fr
ISBN : 978-2-226-24682-0
N° d'édition : 20594/01. – N° d'impression : 124603/1.
Dépôt légal : février 2013.
Imprimé en France.